Sina Flammang

Die drei !!!

Das Buch zum Film

Basierend auf dem Drehbuch von
Sina Flammang und Doris Laske

KOSMOS

Umschlaggestaltung von Weiß-Freiburg GmbH unter Verwendung des originalen Filmplakats von Constantin Film Verleih GmbH
Die Liedtexte auf den Seiten 27, 29, 30, 31, 57 und 97 stammen von Lorenz Ritter, Riad Abdel-Nabi, Stavros Ioannou, Jens Eckhoff
Zitat auf S. 25 frei nach Peter Pan von James Matthew Barrie
Fotos © Constantin Film Verleih GmbH/Rat Pack Filmproduktion GmbH/Bernd Spauke
Filmartwork © Constantin Film Verleih GmbH/Mike Kraus
http://www.constantin-film.de
Basierend auf dem Kinofilm »Die drei !!!« von Viviane Andereggen und dem Drehbuch von Sina Flammang & Doris Laske
© 2019 Rat Pack Filmproduktion http://www.ratpack-film.de

#DieDreiAusrufezeichen

www.diedreiausrufezeichen.de

Weitere Bände dieser Reihe siehe S. 208

MIX
Papier aus verantwortungsvollen Quellen
FSC® C084279

Gedruckt auf chlorfrei gebleichtem Papier

ISBN 978-3-440-16431-0
Redaktion: Franziska Kunze
Produktion: Verena Schmynec
Satz: Satzwerk Huber, Germering
Druck und Bindung: Print Consult GmbH, München
Printed in Slovakia / Imprimé en Slovaquie

Inhalt

Einsatz im *Café Lomo*	7
Altes Theater, alte Bekannte	13
Feen, Piraten … und Geister?	27
Ein Heulen in den Wänden	37
Kleine Brüder zu verschenken	47
Der heimliche Verehrer	57
Koslowskis Geheimnis	65
Eisschokolade und Sternenhimmel	79
Kims Entdeckung	87
Undercovereinsatz	103
Eine aufregende Nacht	117
Geständnis aus dem Nichts	129
Böse Überraschungen	143
Das Phantom ist zurück	151
Gefangen in Nimmerland	163
Das große Finale	181

Einsatz im *Café Lomo*

Kim Jülich rannte, so schnell sie konnte. Die Sommerhitze trieb ihr den Schweiß auf die Stirn und sie fragte sich bestimmt zum hundertsten Mal: Warum ich? Warum kann ich nicht *einfach* mal Ferien haben? Warum ziehe ich die Verbrechen an wie ein Marmeladenbrot einen Wespenschwarm? Gerade noch hatte sie mit ihren besten Freundinnen Marie und Franzi im *Café Lomo* auf die verdienten Sommerferien angestoßen und jetzt war sie schon wieder voll im Einsatz. Genauer gesagt, auf Verbrecherjagd!

Dabei hatte dieser Tag ganz normal angefangen. Kim, Marie und Franzi hatten sich verabredet, um gemeinsam mit anderen Jugendlichen Spenden für das alte Stadttheater zu sammeln. Das Theater war vor 15 Jahren nach einem Brand geschlossen worden und sollte nun wieder für die Öffentlichkeit zugänglich gemacht werden. Das erste Stück würde das Jugendzentrum aufführen und die Einnahmen würden direkt in die Renovierung des Gebäudes fließen. Marie war von Anfang an Feuer und Flamme für das Projekt gewesen. Und das nicht nur, weil ihr Vater, der bekannte Schauspieler Helmut Grevenbroich, einer der Hauptsponsoren war. Marie liebte die Bühne und wollte als angehende Schauspielerin alles dafür tun, das alte Stadttheater zu erhalten. »Für die Kultur muss man auch mal früher aufstehen«, hatte sie am Abend vor der Sammelaktion noch behauptet.

Heute Morgen waren es natürlich trotzdem wieder nur Kim und Franzi gewesen, die sich stundenlang mit den anderen Nachwuchsschauspielern in der Fußgängerzone die Füße in den Bauch gestanden hatten. Marie war erst pünktlich zur Mittagspause im *Café Lomo* eingetrudelt, um sich den ersten *LICK* des Sommers zu gönnen. Frisch geduscht und wie aus dem Ei gepellt ließ sie sich in einen Korbstuhl fallen und grinste ihre Freundinnen an. »Gerade noch rechtzeitig«, flötete sie und wollte nach ihrer Eisschokolade greifen, als Franzi das Glas wegzog.

»Wie bitte?« Franzi verdrehte die Augen. »Erst verpennst du ewig. Dann schreibst du eine SMS, dass du in *zwei* Minuten da bist, und brauchst in Wirklichkeit *20!* Das ist ein neuer Rekord!«

Marie grinste frech zurück. »20 Minuten?«, sagte sie unschuldig. »War ich *so* schnell?«

Franzi setzte gerade empört zu einer Antwort an, als ein gellender Schrei sie zusammenzucken ließ. Kim ließ beinahe ihr Glas fallen. Sie wirbelte herum und sah gerade noch, wie ein Skater sich mit Paulas Spendendose davonmachte. Paula lag jetzt am Boden und rieb sich wimmernd das Knie. Der Kerl hatte sie einfach umgeschubst!

»Typisch Mädchen, immer gleich am Flennen!«, rief der Skater über die Schulter und floh auf seinem Board. Die Spendendose schüttelte er triumphierend.

Die drei !!! sahen sich an: *Das* würden sie auf keinen Fall auf sich sitzen lassen!

»Die drei Ausrufezeichen!«, rief Kim und streckte ihre Hand aus. »Eins!«

Marie legte die ihre darauf: »Zwei!«

Franzi ließ ihre Hand auf Maries fallen: »Drei!«

Dann warfen alle drei die Hände hoch und riefen laut »Power!!!«

Franzi schnappte sich ihr Skateboard und nahm mit wehenden roten Zöpfen die Verfolgung auf, während Kim sich an Marie wandte: »Er fährt nach Nordosten«, stellte sie nach einem kurzen Blick auf den Sonnenstand fest. »Wir müssen uns aufteilen.«

»Alles klar«, flötete Marie. Ehe Kim sich's versah, hatte sie auch schon ein Taxi herangewunken und sich auf den Rücksitz fallen lassen. »Folgen Sie dem Skateboard!«, hörte Kim sie noch rufen, dann zischte das Taxi davon.

Kim sah Marie mit offenem Mund nach, dann fiel ihr Blick auf eine Treppe, die ihr nun als einziger Weg blieb. Die Treppe war sehr lang und *sehr* steil. »Warum ausgerechnet ich?«, seufzte Kim. »Ich *hasse* Sport!«

»Kim, wo bleibst du denn?«, klang Franzis Stimme aus Kims neuer Walkie-Talkie-Uhr.

»Gebt mir eine Minute!«, keuchte Kim, die gerade den oberen Treppenabsatz erreicht hatte und sich schnaufend an der Ziegelsteinwand abstützte. Ein Opa in Radlerhosen joggte quietschfidel an ihr vorbei.

»Du hast 20 Sekunden, wir verlieren den Typen«, drang Franzis Stimme verzerrt durch Kims Walkie-Talkie-Uhr. *»Er fährt Richtung Schillerpark! Wie schnell kannst du an der oberen Ringstraße sein?«*
Kim verdrehte die Augen. Da würde sie bei ihrem Tempo *nie* ankommen. »Es sei denn …« Kims Blick fiel plötzlich auf eine Gruppe Touristen mit roten Sturzhelmen, die wie Orgelpfeifen auf Segways an ihr vorbeischnurrten.

In der Zwischenzeit waren Marie und der Taxifahrer dem Skater dicht auf den Fersen. Der Taxifahrer bog rasant um die Kurven und trat so fest aufs Gaspedal, dass sein gelber Turban wippte. Marie musste sich an ihrem Sitz festhalten. »Eine echte Verfolgungsjagd, wie im Kino? Davon habe ich mein ganzes Leben geträumt«, rief der Fahrer Marie zu.
Sie grinste ihn über den Rand ihrer Sonnenbrille hinweg charmant an.
»Ich bin wieder mobil, Mädels. Obere Ringstraße«, meldete sich Kim.
»Verstanden«, gab Marie zurück und wandte sich an den Taxifahrer. »Fahren Sie bitte rechts ran!« Das Taxi hielt mit quietschenden Reifen. Marie reichte einen Geldschein nach vorn. »Das ist für Sie«, sagte sie, »und das hier«, sie legte noch einen Geldschein darauf, »ist für die Tür!«
Der Taxifahrer starrte Marie verständnislos an. Marie stieß die Tür auf, der Skater knallte in voller Fahrt dagegen und landete mit einem wütenden Aufschrei auf der Straße. Franzi, die ihm dicht auf den Fersen gewesen war, konnte gerade noch rechtzeitig von ihrem Skateboard springen. Die Spendendose rollte scheppernd davon, bis sie von einem Schuh gestoppt wurde. Kim hatte gerade mit einem Segway direkt neben dem Taxi gebremst und hielt jetzt triumphierend die Beute hoch.
Grinsend beugten sich die drei Mädchen über den leise jammernden Skater. »Typisch Jungs!«, sagte Marie zuckersüß.

»Immer gleich am Flennen«, fügte Franzi kopfschüttelnd hinzu.
»Kleiner Tipp für die Zukunft: Leg dich nicht mit Mädchen an«, vollendete Kim.

Der Skater war immer noch ziemlich verdattert, als Kommissar Peters ihn einige Minuten später ins Polizeiauto schob. »Jetzt hat es sich ausgerollt!«, knurrte Kommissar Peters, schlug die Autotür ins Schloss und hielt dann strengen Schrittes auf die drei Mädchen zu.
»Passt auf«, murmelte Marie. »Jetzt gibt's wieder 'ne Standpauke.«
Kommissar Peters hatte schon oft das Vergnügen mit den drei !!! gehabt. Sie konnten also beinahe mitsprechen, als er sich vor ihnen aufbaute und polterte: »Die drei !!! – habt ihr eigentlich NIE Ferien? Wie oft soll ich es euch noch sagen: Verbrecherjagd ist Sache der Polizei!«
»Keine Angst, Kommissar Peters. Diese Ferien haben wir sowieso was anderes vor«, unterbrach Marie ihn und deutete auf eines der *Peter-*

Pan-Plakate, die schon seit einer Woche in der ganzen Stadt hingen. Darauf war ein Mond abgebildet, vor dem die Silhouette eines fliegenden Jungen zu sehen war. Kommissar Peters starrte das Plakat an, dann wieder die drei Mädchen. »Ihr habt Glück, Mädchen, dass auch ich ein großer Theaterfan bin. Ganz abgesehen davon, dass *Peter Pan* ein sehr schönes Stück ist. Gute Wahl! Deshalb werde ich euch diese Sache hier noch einmal durchgehen lassen. Aber glaubt mir: Ich behalte euch im Auge.« Kommissar Peters deutete noch ein letztes Mal warnend auf die drei !!!. Dann düste er, den mürrischen Skater auf der Rückbank, in seinem Polizeiauto davon.
Kim, Marie und Franzi sahen dem Wagen grinsend hinterher. »Ich weiß ja, dass Kommissar Peters nie lange böse auf uns ist. Aber wenn wir diese Sommerferien *doch* wieder einen Fall haben, flippt er bestimmt komplett aus«, sagte Kim ahnungsvoll.
Marie stieß sie in die Seite: »Stimmt. Aber was soll in so einem alten Theater schon passieren?«

Altes Theater, alte Bekannte

Detektivtagebuch von Kim Jülich
Montag, 09 Uhr

Meine Mutter ist verrückt. Einfach komplett verrückt. Sie hat mich für die ganzen Sommerferien bei einem »Sommercamp für Mathematik« angemeldet und glaubt auch noch, dass ich mich darüber freue! Den ganzen Tag Brüche rechnen, addieren und subtrahieren, während Franzi und Marie zusammen Spaß haben und Theater spielen? Auf gar keinen Fall!

Ich habe Michi nicht umsonst tagelang bekniet, mit mir zum Casting zu gehen. Vielleicht dürfen wir ja sogar zwei Hauptrollen spielen: Peter und Wendy. Es gibt sogar eine Kussszene. Total romantisch! Soll ich etwa stattdessen ins Mathecamp und zulassen, dass irgendein anderes Mädchen Michis Wendy wird? Und er sie womöglich … küsst? Und wenn meine Mutter sich auf den Kopf stellt: Kim Jülich spielt diese Ferien Theater, koste es, was es wolle. Rechnen üben kann ich auch später noch. Ich hoffe nur, dass Mama mir nicht auf die Schliche kommt …

Es war 9:15 Uhr. Kim, ihren Rucksack auf dem Rücken und die Zungenspitze zwischen den Zähnen, öffnete die Haustür. Der Garten lag still vor ihr. Es war morgendlich kühl, eine Amsel sang im Kirschbaum: Die Luft war rein. Zumindest schien es so ...
Kim huschte leise wie eine Katze über den Rasen zu ihrem Fahrrad, als eine Stimme in ihrem Rücken sie mitten in der Bewegung einfrieren ließ. »Kim Konstanze Jülich!«
Kim schloss gepeinigt die Augen. Nur *eine* Person nannte sie bei ihrem verhassten zweiten Vornamen: ihre Mutter. Kim drehte sich langsam um. Brigitte Jülich kam mit erhobener Gartenschere und hochgezogenen Augenbrauen auf sie zu. In ihrem Rücken sah Kim drei Buchsbäume, die ihre Mutter wohl gerade zu geometrischen Formen trimmte. Brigitte Jülich liebte Geometrie. Manchmal schnitt sie sogar Kims Pausenbrote zu perfekten Dreiecken.
»So früh auf?«, fragte sie nun misstrauisch. »Das Mathecamp beginnt meines Wissens erst um 10 Uhr.«
Kim schluckte schwer und rückte die grüne »Mathecamp«-Kappe zurecht, die sie zur Tarnung aufgesetzt hatte. »Ich ... ich ...«, suchte sie nach einer schlauen Ausrede, »iiich ... ich will 'nen guten Platz kriegen?«
Ihre Mutter kniff die Augen zusammen und musterte Kim genau. Kim brach der Schweiß aus: Wenn ihre Mutter jetzt Lunte roch, konnte sie sich das Theaterstück abschminken – und zwar für immer. Ihre Mutter würde sie bei Wasser und Brot an ihr Mathebuch ketten und ... na gut, vielleicht nicht *ganz* so schlimm. Aber Michi würde sich auf jeden Fall eine neue Wendy suchen müssen.
»Einen guten Platz? Wirklich?«, wiederholte Frau Jülich gedehnt und schob ihren Strohhut in den Nacken. Dann breitete sich ein strahlendes Lächeln auf ihrem Gesicht aus: »Mein kleiner Mathe-Champion! Ich bin ja fast neidisch. Das waren meine schönsten Sommer früher! Jedes Jahr sind meine beiden Freundinnen und ich ins

›Camp Algebra‹ gefahren, um zu addieren, zu subtrahieren und Marshmallows zu grillen.«
Kim rollte verstohlen mit den Augen: Gegrillte Marshmallows waren lecker, aber der Rest? Da konnte sie sich wirklich Schöneres vorstellen! Im nächsten Moment zuckte sie zusammen. Ihre Mutter hatte, militärisch salutierend wie ein Soldat, die flache Hand an die Stirn gelegt und rief nun laut den peinlichen Wahlspruch des Camps: »Was ist die dritte Wurzel aus Spaß? Camp Algebra, Camp Algebra!«
Erwartungsvoll sah sie Kim an. Kim hob ebenfalls ruckartig die Hand und salutierte verwirrt: »Camp Algebra, Camp Algebra!« Dann lief sie schnell zu ihrem Fahrrad. Sie winkte ihrer Mutter zum Abschied noch einmal zu, und als Frau Jülich sich endlich wieder leise summend ihren geometrischen Buchsbäumen zugewandt hatte, ließ Kim die Mathecamp-Kappe unauffällig in der Brombeerhecke verschwinden.

Natürlich hätte Kim sich nicht beeilen müssen. Zusammen mit Franzi saß sie wenig später im Schatten hoher Bäume. Hinter ihnen lag der Wald, in dem sich das alte Theater befand. Grillen zirpten im hohen Gras, das von der Sommerhitze ein wenig ausgetrocknet war. Von Marie war mal wieder keine Spur zu sehen.
»Warum kann sie *nie* pünktlich sein?«, murmelte Franzi und schüttelte missmutig ihre roten Zöpfe.
»Sie kommt sicher gleich«, gab Kim zurück.
Franzi sah sie nur zweifelnd an. »Das glaubst du ja wohl selber nicht!«
Franzi atmete entschlossen aus: »Okay, wenn Marie in den nächsten fünf Minuten nicht da ist, fahren wir allein los. Pech gehabt.« Doch da hörten die beiden ein Knirschen im Kies. Eine Fahrradklingel schrillte, und Marie schoss mit wehendem Pferdschwanz an ihnen vorbei, den Duft von Erdbeershampoo hinter sich herziehend.
»Was sitzt ihr denn da rum? Wir kommen zu spät!«, rief sie und fuhr einfach weiter.
Franzis Kinnlade klappte herunter. Sie hob empört die Arme und starrte Kim an, die nur matt den Kopf schüttelte.
Kim musste beinahe lachen, so typisch war diese Situation: Erst ließ Marie stundenlang auf sich warten und dann verbreitete sie Hektik. Franzi klemmte sich ihr Skateboard unter den Arm und nahm auf Kims Gepäckträger Platz. Eine Notlösung, da Franzi auf dem unebenen Waldboden unmöglich skaten konnte. Sie hielt sich an Kim fest, die schwankend hinter Marie und deren rosafarbenem Fahrrad herzockelte.
»Und? Hast du deinen Text gelernt?«, rief Marie Franzi zu.
Franzi verdrehte die Augen. Sie war – im Gegensatz zu Marie – kein großer Theaterfan und hatte sich von ihren Freundinnen überreden lassen, bei dem Projekt mitzumachen. Sich in ein paar Minuten beim großen Casting auf die Bühne zu stellen, behagte ihr gar nicht!
»Geht so«, murmelte sie. »Ich kann mir den blöden Text einfach nicht merken.«

»Vielleicht solltest du ab und zu mal ein Buch lesen, statt immer nur joggen zu gehen«, sagt Kim grinsend.
Franzi stupste sie an.
Marie warf ihr Haar zurück. »Du weißt aber schon, worum es in *Peter Pan* geht, Franzi? Kim, Zusammenfassung?«
»Muss das sein?« Kim hatte sowieso schon genug damit zu tun, Franzi über den holprigen Waldboden zu transportieren. Sport am Morgen: Großartig. »Na gut. Peter Pan ist ein Junge, der nicht erwachsen werden will. Also läuft er weg, ins geheimnisvolle Nimmerland, wo es Feen und Piraten und Indianer gibt und er viele spannende Abenteuer erlebt. Eines Tages lernt er Wendy kennen, ein Mädchen aus unserer Welt, und er bringt ihr bei, wie man fliegt.«
»Hey«, rief Marie plötzlich und deutete aufgeregt durch die Bäume nach vorn. »Ich glaube, wir sind da.« Marie trat fester in die Pedale. Kim hatte Mühe, ihr zu folgen. »Warte! Ich kann nicht so schnell. Mann, bist du schwer, Franzi.«
»Vielleicht solltest du ab und zu mit mir joggen gehen, statt immer nur Bücher zu lesen«, konterte Franzi grinsend Kims Kommentar von vorhin.

Als Kim und Franzi endlich bei Marie ankamen, lehnte diese ihr Fahrrad gerade an einen Baum. »Entschuldigt meine Frisur.« Kim und Franzi sahen sich verwirrt an: Maries Frisur saß wie immer perfekt. »Aber wenn die Bühne nach mir ruft, kann ich nicht widerstehen. Dann muss *eine* Stunde Badezimmer leider reichen. Okay, wo geht's rein?« Marie ging mit entschlossen wippendem Pferdeschwanz auf ein efeuumranktes Tor zu.
»Sollen wir unsere Räder vielleicht noch abschließen?«, rief Kim ihr belustigt nach.
Marie machte sofort auf dem Absatz kehrt und hob einen Zeigefinger, als wollte sie sagen: »Ah! Stimmt ja!« Franzi und Kim grinsten:

Marie war immer wahnsinnig aufgeregt, wenn es um Schauspielerei ging. Die Mädchen schlossen ihre Fahrräder aneinander, dann traten sie gemeinsam durch das Tor. Vor ihnen lag ein märchenhafter Park. Tautropfen glitzerten im hohen Gras und ein Kiesweg führte zwischen verwilderten Büschen und Bäumen hindurch auf einen Vorplatz mit einem Springbrunnen, hinter dem sich das alte Theater in seiner ganzen Pracht erhob. In den Fenstern im oberen Stockwerk spiegelte sich der zartblaue Morgenhimmel, und ein Schwarm Krähen stob krächzend darüber hinweg.

»Wow«, flüsterte Marie und sprach damit auch ihren Freundinnen aus der Seele. »Wirkt irgendwie verwunschen, oder?«

Kim schlang die Arme um den Körper. »Keine Geistergeschichten, bitte«, sagte sie tonlos.

Marie versetzte ihr einen Rippenstoß. »Hast du etwa schon wieder Angst?«

»Nein?!«

»Okay, okay!« Marie hob beschwichtigend die Hände. Dann packte sie Kim aufgeregt am Arm. »Da! Habt ihr das gesehen?«
»Marie!« Kim schloss genervt die Augen. »Wenn du mich veräppeln willst, dann ...«
»Nee, wirklich! Da oben, am Fenster, da war ein Schatten!«
»Marie Grevenbroich!« Kim wedelte mit der flachen Hand vor Maries Gesicht herum, als wollte sie sie aufwecken. »Ich hab's kapiert. Ich habe mich gegruselt. Du kannst jetzt aufhören, Witze zu machen.«
Marie breitete die Arme aus: »Aber da war ...!«
Marie ließ die Arme sinken und presste die Lippen zusammen. Es hatte keinen Sinn. Sie legte den Kopf in den Nacken und sah nachdenklich zum Dachfenster hinauf. Auch wenn Kim es für einen ihrer Witze hielt: Sie war sich dennoch sicher, einen Schatten gesehen zu haben. Irgendetwas war da oben. Vielleicht, wenn sie die Augen nur fest genug zusammenkniff ...?
»Marie!«
»Komme schon, komme schon!« Marie riss sich aus ihrer Starre, holte auf und hängte sich zwischen ihre beiden Freundinnen, je einen Arm umklammernd. »Was meint ihr, hab' ich eine Chance auf die Rolle der Fee Tinkerbell?«
Plötzlich hielt Marie so abrupt inne, dass sie Franzi und Kim mit sich zurückriss.
»Aua! Was ist denn? Hast du schon wieder einen Geist gesehen?«, fragte Kim.
Marie schüttelte nur langsam den Kopf. »Schlimmer«, sagte sie düster. »Viel schlimmer!«
Franzi und Kim folgten ihrem Blick. Auf der Treppe, die zum Portal des Theaters hinaufführte, saß keine Geringere als: »Verena?«, stöhnte Franzi und ließ ihren Kopf in den Nacken kippen. »Oh nein! Was macht die Schreckschraube denn hier?«

Tatsächlich: Auf der obersten Treppenstufe thronte, wie eine Königin mit ihrem Gefolge, Verena zwischen ihren beiden Freundinnen. Oder besser gesagt: ihren Sklavinnen. Die drei !!! waren Verena bei ihren Fällen bereits mehrfach begegnet und hatten ihr sogar schon aus der Patsche geholfen. Nicht, dass Verena sich daran erinnerte. Mit einem herablassenden Blick warf sie ihr langes, blondes Haar über die Schulter und verzog den Mund, als hätte sie auf etwas Saures gebissen.
»Sie hat schon wieder schlechte Laune«, wisperte Kim in Maries Ohr.
»Nee«, gab Marie spöttisch zurück. »Das ist einfach ihr Gesicht.«
Die drei !!! kicherten leise, was Verena gar nicht passte.
»Die drei Leerzeichen!«, trompetete sie von der Treppe zu ihnen hinunter und ließ sich zeitgleich von ihrer Freundin Luise einen Taschenspiegel in die Hand drücken. »War ja klar.«
»Wir freuen uns auch, dich zu sehen, Verena«, gab Marie ironisch zurück. »Und du dich *selbst,* wie es aussieht.«
Tatsächlich war Verena nun vollkommen in ihren eigenen Anblick im Taschenspiegel versunken. Sie runzelte die Stirn, streckte wieder die Hand aus und winkte mit den Fingern. Jasmin, ihre andere Freundin, beeilte sich, ihr ein Döschen mit pinkfarbenem Lipgloss zu reichen. Verena betupfte sich die Lippen. »Wenn du auf die Rolle der Fee aus bist, Marie«, nuschelte sie ein wenig undeutlich durch ihre gespitzten Lippen, »dann gib es lieber gleich auf. Du hast keine Chance. Du singst wie 'ne Kreissäge.«
»Bitte? Ich verstehe kein Wort«, sagte Marie zuckersüß.
Luise räusperte sich und hob einen Finger: »Na ja, ich glaube schon, dass Marie ganz gute Chancen hat …«
»Ah, ah, ah«, machte Verena und schnipste vor Luises Gesicht, die sofort verstummte und den Kopf senkte. Es gehörte sich wohl nicht, ihrer »Königin« in den Rücken zu fallen. Kim betrachtete sie beina-

he mitleidig: Verena, Luise und Jasmin hatten wirklich eine seltsame Vorstellung von Freundschaft.

»Es ist ein Ensemblestück, Verena. Es gibt viele gute Rollen«, sagte sie deshalb knapp und schritt entschlossen die Treppe hinauf.

Franzi nickte: »Außerdem sind wir hier, um Spaß zu haben.«

Verena lachte schrill und presste wie eine Operndiva ihre Hand aufs Herz. »Spaß?!«, hauchte sie dramatisch. »Franzi: Zur Premiere kommt die ganze Stadt. Die suchen Schauspieler mit Charisma …«

»… und Charakter«, unterbrach Marie sie kühl. »Da hast *du* ja schon mal verloren.«

Verena zog wütend die Augenbrauen zusammen und setzte gerade zu einer Antwort an, als eine wohlbekannte Stimme an Kims Ohr drang: »Nicht streiten, Ladys, nicht streiten! Robin ist für euch alle da.«

Kim fuhr herum. Robin, sein Haar so schleimig wie sein Grinsen, kam auf die Mädchen zu. Er ging auf Kims Schule und war seit Urzeiten in sie verknallt. Leider!

»Uiii, toll«, sagte Franzi sarkastisch, während Kim genervt aufstöhnte: »Oh nein! Schleimi-Robin!«

»Kim Jülich!« Robin warf Kim eine Kusshand zu. »*Du* hier? Das muss Schicksal sein!«

»Schicksal! Klar!«, schnaubte Kim. »Ich glaube eher, dass du meinen Namen auf dem Anmeldeformular im Jugendzentrum gesehen hast.«

Robin wankte, presste seine Hand aufs Herz und tat, als sei er ob Kims Scharfsinnigkeit einer Ohnmacht nahe. »Wow! Und eine großartige Detektivin ist sie auch noch.« Robin schenkte Kim sein süßestes Lächeln. »Miss Marple? Es ist mir eine große Ehre, mit Ihnen an diesem Projekt teilnehmen zu dürfen.« Robin machte einen tiefen Diener. So tief, dass seine Nase beinahe den Boden berührte.

Kim wandte sich ruckartig ab und verbarg stöhnend das Gesicht in den Händen. »Haben sich hier eigentlich auch normale Leute angemeldet?«, fragte sie dumpf.

Franzi ließ ihren Blick durch den Park schweifen. Inzwischen waren auch noch andere Jugendliche angekommen, darunter die schüchterne Paula, mit der sie Spenden gesammelt hatten, und ...
»Kim. Schau mal!« Franzi zupfte Kim grinsend am Ärmel. Kim linste durch ihre Finger und ließ dann überrascht die Hände sinken.
»Oh nein«, sagte sie dumpf.
»Sieht aus wie eine Tüte Pommes«, stellte Marie fest. Sie hatte recht: Eine große Tüte Pommes auf zwei Turnschuhen taumelte durch den Park.
Verena zog verächtlich eine Augenbraue hoch: »Was ist das denn für ein Idiot?«
Kim lief hastig die Treppe hinunter. Sie hatte längst erkannt, wer sich unter dem sperrigen Kostüm verbarg. »Michi?!«
»Kim?« Die Pommestüte drehte sich tastend nach allen Richtungen. »Kim? Wo bist du?«
»Hier drüben!« Kim griff nach Michis Händen, die wie Tentakel aus der Pommestüte herausfuchtelten. Er sah aus wie ein verwirrter Oktopus. Kim sah Michi mit leiser Verzweiflung an. »Warum hast du denn dein Pommeskostüm noch an?«
Michi äugte durch einen Schlitz im Kostüm zu Kim hinaus. »Ich komm' direkt von der Arbeit in der Hafenkneipe und konnte mich nicht mehr umziehen. Ich wäre sonst zu spät gekommen.«
»Kannst du die Tüte wenigstens *jetzt* ausziehen?«
Michi starrte Kim einen Moment lang an. Dann hauchte er: »Ich hab' nix drunter.«
In diesem Moment fegte ein heftiger Windstoß durch die Bäume. Er wirbelte die Blätter auf, fuhr Marie durch das Haar und mit einem Knarren sprang das große Portal hinter ihnen auf. Verena entfuhr ein leiser Schrei. Erst jetzt bemerkte Kim das Schild, das am goldenen Türknauf baumelte und im Wind klapperte: »Tretet ein!« Sie wechselte einen Blick mit Marie. »Dann machen wir das mal«, sagte Marie zögernd.

Im matten Licht, das durch das Glasdach fiel, tanzte der Staub. Zerschlissene Vorhänge und Kronleuchter deuteten darauf hin, dass dies einmal ein prunkvoller Ort gewesen war. Beinahe meinte Marie, das Stimmengewirr von damals zwischen den Wänden hallen zu hören. Sie stellte sich vor, wie sich Damen in Abendkleidern und Herren in Anzügen unter dem Glasdach über die Aufführung unterhielten und miteinander lachten. Sie schloss die Augen und sog die Theaterluft tief ein. Sie konnte es kaum erwarten, hier auf der Bühne zu stehen.
»Schaut mal«, sagte Kim in diesem Moment. Marie öffnete die Augen und folgte ihrem Blick. Durch die Tür zum Zuschauersaal fiel ein Streifen Licht ins Foyer.
»Da ist wer«, wisperte Verena und umklammerte Maries Arm.
»Verena?«, sagte Marie vielsagend.
»Was?«
»Mein Arm. Würdest du ihn bitte loslassen?«
»Ich ... oh.« Verena ließ Maries Arm los und reckte die Nase hoch. »Das war ein Versehen. Nur zu deiner Information«, sagte sie.

Hintereinander betraten sie den Zuschauersaal. Hier waren ganz deutlich die Spuren des Feuers zu sehen, das vor 15 Jahren im Theater gewütet hatte: Ein Haufen zerbrochener Stühle türmte sich in einer Ecke, ein Kronleuchter war zu Boden gegangen und lag im Staub vor einer schwarz verkohlten Wand. Trotzdem war der Zuschauersaal in seiner Größe beeindruckend. Hinter zahlreichen Reihen roter Samtsessel lag die Bühne. Der rote Vorhang war vorgezogen. Es war unheimlich still. Fast ein bisschen ...
»Gruselig!«, wisperte Verenas Freundin Jasmin beklommen.
Robin schnaubte. »Gruselig? Ach was!« Er trat mit einer großartigen Geste vor und drehte sich im Kreis. »Hallo-ho? Ist hier jemand? Wir haben nicht den ganzen Tag Zeit!«

In diesem Moment schepperte etwas hinter der Bühne. Robin fuhr mit einem leisen Schrei zusammen. Dann strich er sich verlegen lachend durch seine Haartolle: »War nur gespielt. 'ne kleine Kostprobe meiner Schauspielkunst. So sieht es aus, wenn ich mich erschrecke ... wah!« Wieder fuhr Robin erschrocken zusammen und mit ihm alle anderen. Hinter dem Vorhang hatte sich etwas bewegt.
»Was war das denn?« Verena starrte Marie mit großen Augen an. Wenn sie Angst hatte, vergaß sie meistens, dass sie die drei !!! nicht leiden konnte. Auch die schüchterne Paula schien sich alles andere als wohl in ihrer Haut zu fühlen und nestelte nervös an ihrer Brille herum. Plötzlich öffnete sich der Theatervorhang, glitt nach beiden Seiten auf und gab den Blick auf einen Mann in Frack und Zylinder frei. Musik setzte ein und der Mann legte einen flotten Stepptanz aufs Parkett. Überrascht sahen die Jugendlichen zu, wie er zum Rand der Bühne steppte, wo er seinen Zylinder zu Boden warf. Langsam schritt er auf und ab und zitierte dabei, wie Kim sofort erkannte, aus *Peter Pan*.

»Am Tag meiner Geburt lief ich von zu Hause fort. Ich hatte meine Eltern flüstern gehört: Was sollte ich einmal werden, wenn ich groß bin? Ich wollte aber immer ein kleiner Junge bleiben und meinen Spaß haben. Deshalb lief ich davon und lebte fortan bei den Elfen und Feen.« Der Mann hob seine Arme – und verstummte.

Sein Publikum starrte ihn abwartend an. So lange, bis der Mann aus dem Mundwinkel wisperte: »Ihr dürft jetzt klatschen.«

Kim, Franzi und Marie wechselten verdutzte Blicke.

Marie war die Erste, die zu klatschen anfing, die anderen stimmten zögernd mit ein. Der Fremde verbeugte sich tief nach allen Seiten. »Danke! Mein Name ist: Robert Geronimo Wilhelms. Regisseur, Theaterpädagoge und Genie. Letzteres bleibt natürlich unter uns.« Robert Wilhelms lachte laut auf und warf sein Haar zurück. Mit ausgebreiteten Armen schritt er über die Bühne. »Willkommen, willkommen! Sommerferien! Sechs Wochen keine Schule, keine Hausaufgaben. Dafür: Theater pur.« Er drehte sich lächelnd zu den Jugendlichen um. »Das Stück *Peter Pan* ist nicht nur ein Klassiker, für den dieses Haus hier einst berühmt war. Es ist auch ein Feuerwerk der Emotionen. Voller Liebe, Leidenschaft …«

Leidenschaft? Das war Kims Stichwort. Sie seufzte und warf Michi einen sehnsüchtigen Blick zu. Michi ging ihr manchmal ganz schön auf den Keks mit seiner zerstreuten Art. Aber irgendwie war es auch süß. Er war eben ein Träumer. Nun sah Michi hoch und fing Kims Blick auf. Er lächelte und sie lächelte zurück. Im nächsten Moment zuckte sie jedoch vor Schreck zusammen, denn Robert Wilhelms stand plötzlich genau vor ihr: »Rache!«, schrie er und reckte dramatisch eine zitternde Faust gen Decke. »Natürlich geht es in Peter Pan auch um Rache, eine der stärksten menschlichen Emotionen …«

»… und ein häufiges Mordmotiv«, warf Kim automatisch ein.

»Richtig!« Robert Wilhelms deutete auf Kim und nickte. »Sehr richtig. Wir haben viel vor, meine Lieben, also: Lasst die Spiele beginnen!«

Franzi ging dieses ganze Getue gehörig auf den Zeiger. Sie beugte sich zu Marie und Kim hinüber und flüsterte: »Tut mir leid, aber ich glaube, das ist nichts für mich. Ihr findet mich im Skaterpark.«

»Bitte bleib, Franzi!« Marie nahm sie am Arm. »Skaten kannst du doch immer. Wir wollten die Ferien doch *zusammen* verbringen.«

Franzi schüttelte den Kopf. »Nee, ehrlich. Ich bin dafür nicht gemacht, tut mir leid. Viel Spaß euch.«

In diesem Augenblick ertönte eine Stimme in ihrem Rücken: »Entschuldigung, ich bin zu spät!« Franzi drehte sich langsam um, und plötzlich war es, als würden Engelschöre singen: Ein Junge, etwa fünfzehn Jahre alt, kam die Seitentreppe zur Bühne herunter. Er hatte ein Skateboard unter dem Arm, braune Haare und war einfach ...

»Wunderschön!«, sagte Franzi laut. Das war ihr so rausgerutscht. Marie runzelte belustigt die Stirn. »Wie bitte?«, fragte sie. Aber Franzi hörte sie gar nicht. Ihre Augen klebten geradezu am Gesicht des Jungen. Kim und Marie grinsten sich an. Was war denn mit Franzi los? Robert Wilhelms schnippte mit den Fingern. »Und *du* bist?«

»Jimmy Schmitt. Das Jugendzentrum schickt mich. Ich mache das Bühnenbild und so«, sagte der Junge.

»Ich auch!« Das war wieder Franzi.

»Ich dachte, du wolltest zum Skaterpark«, sagte Kim spöttisch.

Franzi wandte nur mühsam ihren Blick von Jimmy ab und blinzelte Kim an, als sei sie gerade aus einem tiefen Traum erwacht.

»Bitte?« Sie klimperte mit den Wimpern. »Welcher Skaterpark?«

Kim prustete los.

»Ach so! *Der* Skaterpark!« Franzi lachte verlegen. »Ach. Nee. Skaten kann ich doch immer.« Marie und Kim grinsten sich wissend an: Alles klar. Franzi war verknallt.

In diesem Moment breitete Robert Wilhelms die Arme aus: »Und jetzt kommen wir endlich zum Höhepunkt des Tages: unserem *Casting.*« Er zwinkerte ihnen zu. »Seid einfach *ganz* ihr selbst.«

Feen, Piraten … und Geister?

Verena gab alles. Mit übergroßen blauen Feenflügeln auf dem Rücken und flankiert von ihren Freundinnen stand sie mitten auf der Bühne und schmetterte ein Lied, in dem es – natürlich! – um sie selbst und ihre unschlagbaren Starqualitäten ging. »*Hell und weit und schön. Ich strahle so hell und weit und schön. Und um mich rum nichts als Kometen, schon lange verglüht …*« Marie beobachtete sie beeindruckt: Verenas Stimme war echt gut. Rau und stark, wie die einer richtigen Rock-Diva.

Franzi beugte sich wispernd zu Marie rüber: »Harte Konkurrenz, oder? Macht dich das nicht nervös?«

Aber Marie grinste nur, ohne ihren Blick von Verena zu lösen. »Nervös? Im Gegenteil! Je stärker die Konkurrenz, desto bester. Alles andere ist doch langweilig. Oder, Kim?«

Franzi und Marie sahen zu Kim, die tief, *sehr* tief in ihren Sitz gerutscht war. Ihr eigenes Casting war alles andere als gut verlaufen. Dabei hatte sie alles so schön geplant: Sie als Wendy auf der Bühne im Scheinwerferlicht und Michi als Peter Pan, der vor ihr auf die Knie fällt und sie um einen Kuss bittet. Gekommen war es dann ganz anders: Michi hatte gekniffen. Seine Turnschuhe hatten die Bühne gera-

de erst betreten, als er auch schon wieder kehrtmachte und mit wehenden Pommes-Haaren zurück in die Kulissen wetzte.
Michi konnte ein ganz schöner Drückeberger sein, wenn er nervös wurde. Das Schlimmste an der Sache war aber nicht Michis Lampenfieber gewesen, sondern dass ausgerechnet Robin seine Chance genutzt hatte. Im Ausfallschritt war er plötzlich vor Kim auf der Bühne gelandet, die Hand aufs Herz gepresst. Er konnte leider auch seinen Text, jedes einzelne Wort, und dann hatte er sie auch noch in einem sehr unfreiwilligen Tango über die Bühne geschoben. Das Ende vom Lied: Kim war Wendy – und *Robin* war Peter Pan. Ein echter Albtraum! Schlimmer hätte es wirklich nicht kommen können.
Kim warf Michi, der sie mit hängenden Armen aus den Kulissen heraus beobachtete, einen genervten Blick zu. »Danke, Michi. Das habe ich jetzt davon«, sagte sie leise.

Sie schielte hinüber zu Robin, der den Daumen hob und sie schmierig angrinste. »Ich glaube, ich gehe auch lieber in den Skaterpark«, knurrte Kim.
»Du kannst doch gar nicht skaten«, gab Franzi zurück, ihre Stimme seltsam belegt. Der Grund war natürlich Jimmy, den sie verstohlen beobachtete.
Kim verdrehte die Augen. Das konnten ja tolle Theaterproben werden. Allein Verenas Casting-Nummer dauerte schon viel länger, als es einem normalen Menschen zumutbar war. Als Verena gerade begeistert zu ihrer fünften Strophe ansetzen wollte, hob Robert Wilhelms glücklicherweise die Arme und unterbrach sie. »Vielen, vielen Dank, Verena.«
Aber Verena hörte ihn gar nicht. Schließlich packte Wilhelms sie kurzerhand bei den Schultern und schob sie von der Bühne.
»So! Traut sich nach diesem grandiosen Auftritt von Verena noch jemand auf die Bühne?«, rief Wilhelms in den Saal.
»Worauf Sie sich verlassen können.« Franzi deutete grinsend nach vorn.
Jetzt wurde Kim doch neugierig und hob langsam den Kopf aus ihrer eingesunkenen Schildkrötenposition. Marie hatte sich vor ein paar Minuten völlig unbemerkt weggeschlichen. Was hatte sie vor?
Plötzlich setzte Musik ein. Eine zarte Melodie schwebte durch den Raum, und dann kam Marie auf einer Schaukel auf die Bühne geschwebt. Sie trug ein türkisfarbenes Elfenkostüm mit gelben Flügeln und ihr Pferdeschwanz leuchtete golden im Scheinwerferlicht. Sie sah einfach bezaubernd aus: wie eine echte Fee. Alle schwiegen bewundernd, als Marie anfing, mit ihrer hellen, klaren Stimme das *Lied der Träume* zu singen: »*Hast geträumt, du fliegst. Frei, ohne Angst. Hast dir gesagt, ich weiß, dass ich es kann ...*« Das Lied war Teil des Stückes und Marie hatte es zuvor tagelang geübt. Kim war so verzaubert, dass sie sogar für einen Moment ihren Ärger auf Michi vergaß. Sie wech-

selte einen stolzen Blick mit Franzi, der es anscheinend ähnlich ging: Maries Talent war immer wieder beeindruckend. Wenn jemand Bühnenpräsenz hatte, dann sie! Die Einzige, die das *nicht* so sah, war Verena, die mit verschränkten Armen in ihrem Theatersitz lümmelte, demonstrativ gähnte und Marie sogar leise nachäffte. Offensichtlich sah Verena, die sich schon so sicher gefühlt hatte, ihre Felle davonschwimmen. Wie Marie war sie auf die Rolle der frechen Fee Tinkerbell aus, die nicht nur die größte Gesangsnummer hatte, sondern auch mit Abstand der schillerndste Charakter war. Maries Auftritt war aber eindeutig elfenhafter, dachte Kim, so gut Verena auch gesungen hatte.

Dann, ganz plötzlich, von einem Moment auf den anderen, erstarb die Musik. Das Licht im Saal fing an, wie wild zu flackern. Marie verstummte, und auch alle anderen sahen sich beunruhigt um.

»Was ist das? Ein Geist?«, quiekte Verena und starrte Kim mit großen Augen an.

Kim schüttelte den Kopf: »Quatsch, man kann alles logisch erklären.«

Jimmy hob die Schultern. »Vielleicht ist es ein Wackelkontakt?«

»Ja, vielleicht«, echote Franzi mit Herzchen-Blick. Langsam wurde es auffällig, wie sie sich benahm. Jimmy schien es jedoch ganz süß zu finden. Er lächelte Franzi freundlich an, was dazu führte, dass ihre Wangen beinahe so rot wurden wie ihre Zöpfe.

Wilhelms wiegte bedenklich den Kopf. »Ein Wackelkontakt. Vielleicht. Vielleicht ist es aber auch wirklich ein …«

In diesem Moment fing eine mysteriöse Stimme an zu singen. Sie schien aus dem Nichts zu kommen.

» … Geist!«, vollendete Wilhelms flüsternd seinen Satz.

»Wo kommt das her?«, wisperte Luise.

»Keine Ahnung«, hauchte Verena. »Aus dem Jenseits oder so!?«

Einen Moment lauschten alle der mysteriösen Stimme, die das *Lied der Träume* weitersang: *»Leg dich in den Wind. Er trägt jedes Kind, das träumen kann, ganz sanft und dann: Plötzlich hast du den Mut für*

den letzten Schritt, denn du hältst den Traum fest …« Marie runzelte die Stirn. Dann riss sie überrascht die Augen auf, als ein zierliches Mädchen mit langem, schwarzem Haar aus dem Schatten trat.
Das Mädchen sang mit kräftiger, schöner Stimme das *Lied der Träume,* selbstbewusst und ohne Scheu. Kim fiel auf, dass ihre Kleider nicht die neuesten und ihre Knie ein wenig verschrammt waren. Wo kam dieses geheimnisvolle Mädchen so plötzlich her? Sie war einfach aus den Tiefen des Zuschauerraums aufgetaucht und schlenderte nun singend durch die Sitzreihen bis nach vorn auf die Bühne. Marie war inzwischen von ihrer Schaukel gestiegen und trat auf das Mädchen zu. Sie schien sich von diesem Überraschungsauftritt nicht aus dem Konzept bringen zu lassen, im Gegenteil: Die beiden sangen nun einfach im Duett. *»Lass los und breite deine großen Flügel aus. Hey, flieg mit mir, wohin dein Traum dich trägt. Du wirst sehen, dass das wirklich geht …«* Es hörte sich toll an. Als das Lied zu Ende war, verbeugten sich Marie und das neue Mädchen tief. Alle applaudierten ihnen, bis auf Verena, die anklagend den Zeigefinger ausstreckte.
»Bist du … ein Geist?«, fragte sie das Mädchen mit bebender Stimme.
Kim sah Verena bloß augenrollend an: Wie konnte man nur so ängstlich sein? Dagegen hatte ja sogar sie, die normalerweise ebenfalls sehr schreckhaft war, Nerven aus Stahl.
Das fremde Mädchen grinste frech. »Nee. Das letzte Mal, als ich nachgeschaut habe, war ich noch ein Mensch.«
Luise kicherte, aber Verena brachte sie mit einem Fingerschnippen zum Verstummen.
»Moment, Moment!« Wilhelms ging fahrig seine Zettel durch. Schließlich fingerte er die Teilnehmerliste hervor. »Laut Teilnehmerliste sind wir vollständig.«
Das Mädchen zuckte nur mit den Schultern. »Ich hab mich aber angemeldet.«

»Na gut, bei deinem Talent wollen wir gar nicht lange reden. Wer bist du, wo kommst du her?« Wilhelms sah das Mädchen auffordernd an.
»Ich bin Miley aus Berlin«, sagte sie und sah mit einem offenen Lächeln in die Runde. »Und ich … wohne hier.« Sie stockte, dann sprach sie weiter: »Ich meine: Hier in der Stadt, bei meiner … Tante. Über die Ferien. Und weil ich nicht den ganzen Tag ihren dicken Kater striegeln will«, ein paar Teilnehmer kicherten, »mach ich lieber hier bei euch mit. Ich liebe Theaterspielen.«
Marie lächelte Miley an. Sie war ihr auf Anhieb sympathisch.
Franzi allerdings war skeptisch. »Irgendwas stimmt nicht mit der«, flüsterte sie Kim zu. »Ich habe ein komisches Gefühl.«
Doch ehe Kim etwas erwidern konnte, ergriff erneut Robert Wilhelms das Wort: »Gut! Miley, du spielst Tiger Lilly, die Indianerprinzessin. Marie, du bist unsere Fee Tinkerbell«, Marie jubelte leise, »und die Rollen wären vergeben.«
»Moment«, Verena erhob sich empört aus ihrem Sitz, während die anderen Marie Beifall klatschten. »Was ist mit mir? Ich dachte, ich bin Tinkerbell!«
Wilhelms sah mit einem geheimnisvollen Lächeln auf Verena hinunter.
»Für dich, Verena, habe ich etwas *ganz* Besonderes.«

»Käpt'n Hook?« Verena stand starr vor einem großen Spiegel. Ein riesiger, schlaffer Piratenhut war ihr halb über die Augen gerutscht. »Ich spiele einen verkrüppelten Piraten, der nichts anderes im Sinn hat, als *Peter Pan* mit seinem Hakenarm zu erwischen? Was hat das bitte mit Glamour zu tun?«, fauchte sie. Luise und Jasmin trugen ebenfalls Piratenhüte, nur waren diese etwas kleiner. Sie waren als Käpt'n Hooks Crew gecastet worden.
»Immerhin bist du noch der Boss«, piepste Jasmin, in einem kläglichen Versuch, Verena aufzuheitern.

»Der Boss!«, gab diese ungehalten zurück. »Ich wollte eine schöne Fee sein, ja? Und jetzt bin ich ein verlauster Kapitän mit Allmachtsfantasien!«

»Na ja, Verena«, warf Marie ein, die eben in ihrem türkisfarbenen Feenkostüm vorbeischlenderte. »Wilhelms hat es vor dem Casting gesagt: Sei einfach ganz du selbst.« Sie hielt Verena einen schwarzen Zottelbart vor das Gesicht, der offensichtlich Teil des Piratenkostüms war. Verena schrie auf und schlug den Bart mit der Hand weg.

»Dieses räudige Ding kommt *nicht* in mein Gesicht«, knirschte sie.

Marie lachte.

»Dir wird das Lachen schon noch vergehen, Marie!« Verena wandte sich wieder ihren beiden Freundinnen zu, meckerte aber leise weiter. »Uuuh, ich bin Marie Grevenbroich«, äffte sie Marie mit hoher Stimme nach. »Mein Vater ist ein Star. Er sammelt Spenden für das alte Theater und hat sogar das Klavier bezahlt. Deshalb werde ich auch immer von allen bevorzugt und kriege jede Rolle, die ich will …«

»Na ja, und weil sie super singt«, fiel ihr Luise ins Wort.

Verena schnippte sofort vor Luises Gesicht, um sie zum Schweigen zu bringen. »Luise! Bist du *ihre* Freundin oder meine? Und jetzt kämm mir die Haare!« Sie reichte der verdutzten Luise eine Bürste.

Marie hatte sich schon wieder abgewandt und schlenderte weiter durch die alte Künstlergarderobe, in die sich die Nachwuchsschauspieler inzwischen begeben hatten, um sich mit den Kostümen vertraut zu machen.

Die Künstlergarderobe war ein magischer Ort. An den Wänden hingen Schminkspiegel, umrahmt von Glühbirnen. Aus zahlreichen Kisten quollen altmodische Kostüme, und auf den Regalen lagen Perücken und Hüte. Fasziniert ging Marie an den Kleiderständern entlang und befühlte die verschiedenen Stoffe: Tüll, Samt und Seide. Es gab einfach alles, was das Herz begehrte.

Franzi musste lachen. Sie würde niemals auffällige Kleider wie diese auf der Straße tragen, aber Marie traute sie alles zu.
Plötzlich tippte ihr jemand auf die Schulter. Franzi drehte sich um und sah direkt in das Gesicht von –
»Jimmy!« Das hatte sich etwas quakend angehört. Wie ein Frosch. Mist. Franzi räusperte sich und wiederholte: »Jimmy. Hey, was«, Franzi versuchte sich lässig an einen Kleiderständer zu lehnen, »was gibt's denn so?« Der Kleiderständer rollte weg und Franzi fiel beinahe hin. Jimmy hielt sie gerade noch rechtzeitig am Arm fest.
»Ähm. Danke …« Franzi richtete sich auf und rieb sich verlegen den Arm. »Ich bin ein bisschen ungeschickt manchmal.«
Jimmy lächelte. »Schon gut. Ich wollte dich nur fragen, ob du …«
»Ja?«, fragte Franzi mit großen Augen.
Kim, die das Ganze beobachtete, musste grinsen.
»Na ja«, fuhr Jimmy fort, »ob wir uns die Skizzen für das Bühnenbild anschauen wollen. Du machst doch mit beim Bühnenbild?«
»Oh. Ja, ja!« Franzi folgte Jimmy aus der Garderobe und warf ihren kichernden Freundinnen im Hinausgehen einen warnenden Blick zu.
Marie sah sich weiter um und schnappte sich eine venezianische Halbmaske von einem Regal, um damit vor dem Spiegel zu posieren. Sie sah richtig unheimlich aus: Die linke Hälfte ihres Gesichtes trug nun ein starres, weißes Lächeln.
Langsam drehte Marie sich zu Kim um: »Kim, was wäre, wenn es in diesem Theater wirklich einen Geist gäbe …«, flüsterte sie mit Grabesstimme. »Oder zumindest … ein Phantom!«
»Ein Phantom?«, wiederholte Kim unbehaglich. »Wie kommst du denn darauf?«
Marie tigerte um Kim herum: »Na ja. Viele Theater haben ein Phantom. Getriebene Existenzen, die im Schatten leben und nur eines im Sinn haben: Rache!« Marie breitete theatralisch die Arme aus.

»Marie!« Kim fröstelte leicht. »Was habe ich dir gesagt? Keine Geistergeschichten.«
»Aber vorhin, der Wackelkontakt. War das nicht … wahnsinnig unheimlich?«, wisperte Marie und drehte den Kopf so, dass nur noch ihre maskierte weiße Gesichtshälfte Kim zugewandt war. Kim drehte sich augenrollend weg. Sie hatte heute wirklich keinen Nerv für Maries Gruselgeschichten. Sie hatte bereits genügend Enttäuschungen hinnehmen müssen. Kims Blick fiel auf Michis Pommestüte, die schlaff über einem Stuhl hing. Hinter einem Raumtrenner bewegte sich ein ungelenker Schatten. Offenbar zog Michi sich nun doch um. Kim wollte gar nicht wissen, was für Ersatzklamotten er sich aus diesem wirren Fundus gefischt hatte. Vermutlich mittelalterliche Pumphosen. Sie trat an den Paravent heran. »Warum, Michi?«, fragte sie den Schatten vorwurfsvoll.
Der Schatten erstarrte für einen Augenblick. »Kim?«, fragte er vorsichtig. »Bist du das?«
»Ja, natürlich bin *ich* es!« Was war das für eine Frage? »Oder hast du noch eine andere Freundin, die du enttäuscht hast? Ach Michi, wir wollten das doch zusammen machen.«
»Aber wir *sind* doch zusammen!« Kim hatte sich wohl verhört. »Aber nicht als Peter und Wendy. Du hast ja nicht einmal eine Rolle, du machst jetzt … die Spezialeffekte.«
»Ja, toll, oder?« Michis Strubbelkopf kam plötzlich um die Ecke des Paravents geschossen und er grinste Kim begeistert an. »Das ist super interessant! Licht und Rauch und Nebel und … Kim?«
Kim war schon wutschnaubend Richtung Tür davongeschossen. »Kim, warte doch mal!«, rief Michi ihr nach.
Aber Kim wartete nicht. Der Probentag war ohnehin beendet, also schnappte sie sich ihren Rucksack und verließ das Theater. Draußen auf den Stufen hielt sie inne und schloss die Augen, um einmal tief durchzuatmen. Als Kim die Augen wieder öffnete, sah sie ihn: einen

alten Mann mit stechend blauen Augen. Er stand nicht weit vom alten Theater zwischen den Bäumen und schaute direkt zu Kim herüber. Als ihre Blicke sich trafen, trat der Mann ertappt einen Schritt zurück. Ein Ast glitt zur Seite und gab den Blick auf seine linke Hand frei, die mit einem seltsamen roten Narbengewebe bedeckt war. Dann verschwand der Mann schnell zwischen den Bäumen.

Kim runzelte die Stirn. »Was war das denn?«, murmelte sie leise.

»Was war was?« Franzi und Marie tauchten neben ihr auf, dicht gefolgt von den anderen Teilnehmern, die sich nun alle auf den Weg nach Hause machten.

»Ach, nichts, nichts …«, murmelte Kim abwesend. Sie sah noch einmal zum Waldrand hinüber, aber von dem alten Kauz war nun nichts mehr zu sehen.

»Dann lasst uns mal losfahren, ich habe Tinka versprochen, dass wir heute noch zusammen ausreiten«, sagte Franzi und hakte sich bei Kim unter, um sie die Treppe hinunterzuziehen.

»In welche Richtung musst du denn?«, fragte Marie Miley, die etwas unschlüssig am oberen Treppenabsatz stehen geblieben war.

Miley starrte sie einen Moment lang stumm an. Dann sagte sie mechanisch wie ein Roboter: »Ich … also ehrlich gesagt muss ich … noch mal rein. Ich … habe was vergessen.«

Franzis Kopf ruckte misstrauisch herum. »Ach echt? Was denn?«

Miley geriet ins Stammeln. »Meine … meine rechte Kontaktlinse.«

Im nächsten Moment war sie weg. Franzi runzelte die Stirn. »Ihr könnt sagen, was ihr wollt: Dieses Mädchen ist echt seltsam.«

»Nicht so seltsam wie Michi manchmal«, seufzte Kim

Marie legte ihren Arm um Kims Schultern. »Ach, Jungs sind eben manchmal komisch. Dafür haben wir uns.«

Kichernd gingen die drei Mädchen zu den Fahrrädern. Hinter ihnen lag das alte Theater im Abendlicht, und für den Bruchteil einer Sekunde war es, als glitte hinter einem der Fenster ein Schatten vorbei.

Ein Heulen in den Wänden

Am nächsten Morgen skatete Franzi die Hauptstraße hinunter. Sie war seit 7 Uhr auf den Beinen – und das in den Ferien. Ungewöhnlich für sie, die auch gern mal länger in den Federn lag. Aber Tinka ritt sich nicht von allein aus, und da die erste Probe heute schon um 9 Uhr begann, hatte Franzi zähneknirschend ihren Wecker gestellt. Es war noch kühl, aber die Wärme des Sommers lauerte bereits in allen Ecken.

Beim Gedanken an den gestrigen Tag musste Franzi grinsen: Jimmy hatte ihr seine Skizzen für das Bühnenbild gezeigt und sie waren wirklich fantastisch. Jimmy sah also nicht nur gut aus, er war auch noch ein begabter Künstler. Franzi hatte ihm fasziniert über die Schulter geschaut, als er mit roten und grünen Spraydosen die ersten Umrisse eines Märchenwaldes auf eine große Spanplatte gesprüht hatte. Sie selber hatte kein künstlerisches Talent, aber als sie Jimmy das gestanden hatte, hatte er nur abgewinkt.

»Ich zeige dir, wie es geht«, hatte er gesagt und sie dabei angelächelt. »Wir haben ja genug Zeit.«

Franzi lächelte. Heute Morgen hatte sie wirklich eine ausgesprochen gute Laune. Sie winkte einer verdutzten Oma mit Hund zu, skatete

schwungvoll um eine Ecke und kam an eine Kreuzung. An der Ampel stand ein seltsames kleines Gefährt auf drei Rädern, auf dessen Dach eine riesige Kakerlake aus Plastik thronte. »Kammerjäger Koslowski« stand auf der Seite des Autos, daneben prangte ein schwarzer Totenkopf auf gelbem Dreieck. Auch wenn dieses kleine Schrottauto aussah, als würde es jeden Moment auseinanderfallen, würde Franzi sich diese Mitfahrgelegenheit nicht entgehen lassen. Kurz bevor die Ampel wieder auf Grün sprang, hängte sie sich hinten an das Gefährt und ließ sich auf ihrem Skateboard den Berg hinaufziehen. Dabei fiel ihr Blick in den Rückspiegel. Sie erkannte den Beifahrer und hätte vor Überraschung beinahe losgelassen: Schleimi-Robin. Offenbar hatte er Streit mit dem Fahrer. Franzi erkannte dessen Stimme sofort. Es handelt sich um keinen Geringeren als Marvin Koslowski, Robins besten Kumpel, der ihm an Schleimigkeit in nichts nachstand. Die beiden gingen in eine Klasse und waren frisurentechnisch so etwas wie Zwillinge.

»Mach keinen Scheiß, Robin! Willst du für die Olle alles aufs Spiel setzen?«, meckerte Marvin gerade.
»Ich ziehe das jetzt durch, Marvin«, keifte Robin zurück.
»Das werde ich nicht zulassen!«
»Was willst du dagegen tun?«
»Das wirst du schon sehen, Robin.«
Franzi hätte gern noch länger zugehört, aber das Kakerlaken-Auto hatte gerade wieder eine Kreuzung erreicht und sie musste notgedrungen abbiegen, um Kim und Marie an verabredeter Stelle zu erwischen. Worum ging es in diesem Streit? Was setzte Robin aufs Spiel und wer war »die Olle«? Doch wohl nicht etwa ... Kim?

Marie wartete natürlich nicht an der verabredeten Stelle. Sie war im Bad »stecken geblieben« und hatte Franzi und Kim per SMS mitgeteilt, dass sie »schon mal vorausfahren« sollten. Bei der ersten Schauspielübung auf der Bühne fehlte Marie noch immer. Die Nachwuchsschauspieler lagen alle auf dem Rücken, die Augen geschlossen, während Robert Wilhelms zwischen ihnen herumging.
»Spürt die Bühne!«, rief er. »Fühlt sie, die Bretter, die die Welt bedeuten! Die Bühne ist der beste Freund des Schauspielers. Vielleicht sogar sein einziger Freund. Sie kann sein, was ihr euch wünscht. Also träumt euch fort, weit fort, ins Nimmerland.«
Kim schloss die Augen. Sie spürte die Bretter der Bühne unter sich und stellte sich vor, im Ozean zu treiben. Das Meer trug sie sanft ... und fing plötzlich an zu vibrieren. Kim öffnete ein Auge und sah Marie, die sich gerade neben ihr niederließ, den Finger auf die Lippen gepresst. Sie hatte sich heimlich reingeschlichen. Typisch Marie.
»Was ist die Aufgabe?«, wisperte sie. Kim erklärte es ihr kurz. Marie nickte und streckte sich lang auf den Brettern aus. Miley rückte ein Stück zur Seite, damit sie Platz hatte. »Danke«, flüsterte Marie. Dann

stutzte sie: Ihr Blick war auf Mileys Stiefeletten gefallen, die so ramponiert aussahen, als hätte sie jemand durch einen Schredder gejagt. Das braune Leder war komplett zerfetzt, die Sohle sah aus wie abgekaut.

Marie runzelte die Stirn und deutete auf Mileys Schuhe. »Was ist denn mit denen passiert?«

Miley hob den Kopf und schielte zu Marie. »Ich ... habe meiner Oma im Garten geholfen, bin am Rasenmäher hängen geblieben«, sagte sie schnell.

Franzi, die ein Stückchen entfernt lag, stützte sich auf die Ellbogen auf. »Ich dachte, du wohnst bei deiner Tante?«

Miley starrte Franzi nur an. Franzi starrte zurück. »Ähm. Habe ich doch gesagt«, behauptete Miley schließlich und schloss wieder fest die Augen.

Marie, Kim und Franzi wechselten argwöhnische Blicke, was im Liegen gar nicht so einfach war. »Habe ich es euch nicht gesagt? Irgendwas stimmt nicht mit ihr«, murmelte Franzi in Kims Richtung.

Kim wollte gerade etwas erwidern, als plötzlich ein lautes Heulen hinter den Kulissen ertönte. Es klang herzzerreißend und gespenstisch. Die Jugendlichen setzten sich auf und sahen sich erschrocken um.

Franzi warf Kim einen Blick zu und schluckte. »Wie war das noch? Es gibt keine Gespenster?«

Kim saß nur mit offenem Mund da. »Dachte ich auch ...«, murmelte sie völlig erstarrt.

»Kim!« Marie wedelte mit der flachen Hand vor dem Gesicht ihrer Freundin hin und her. »Das ist jetzt die Stelle, an der du immer sagst, dass man alles logisch erklären kann!«

»Kann ich aber nicht. Noch nicht ...« Kim, Marie und Franzi sahen sich an. Wie auf Kommando sprangen alle drei auf und rannten hinter die Bühne.

Franzi war wie immer die Schnellste und peste die Treppe hinunter zur Künstlergarderobe. Sie war sich sicher, dass das Heulen aus dieser Richtung kam. Doch als sie mit einem Sprung am Fuß der Treppe landete, war es schlagartig still. Franzi sah sich heftig atmend um. Dann fiel ihr Blick auf den Vorhang im Durchgang zur Künstlergarderobe. Irgendetwas stimmte nicht. Franzi teilte den Vorhang mit den Händen und fuhr mit einem Aufschrei zurück. Die Garderobe war total verwüstet. Kostüme lagen zerfetzt am Boden, Kleiderständer waren umgeworfen, Kisten und Schminkutensilien ausgeleert. Franzi traute ihren Augen nicht.

»Oh nein, was ist denn hier passiert?«, rief Marie, die sie eingeholt hatte. Kim und die anderen Nachwuchsschauspieler kamen hinter ihr die Treppe herunter.

Franzi drehte sich gerade zu Marie um, als das Heulen wieder anfing, lauter und schriller als zuvor. Alle zuckten zusammen, nur Franzi behielt einen kühlen Klopf und rannte sofort los. Das Heulen kam aus den Tiefen des Theaters, vom anderen Ende des langen Korridors. Franzi sprintete an der Treppe vorbei. Die anderen sprangen entsetzt zur Seite. Nur Miley nicht. Franzi stolperte über Mileys Bein und konnte sich gerade noch an der Wand abstützen.

»Sorry, das war keine Absicht!«, sagte Miley und blickte Franzi unschuldig an.

»Ach ja?«, knurrte Franzi. Das sah sie anders. Aber darum würde sie sich später kümmern, jetzt blieb keine Zeit für Streitereien.

Franzi wetzte den langen Gang hinunter, dem unheimlichen Heulen hinterher. Sie fegte um eine Ecke und blieb abrupt stehen. Das Heulen war ganz plötzlich wieder verstummt. Es war nichts mehr zu hören als das aufgeregte Gemurmel der anderen Jugendlichen in der Ferne.

»Das ist echt seltsam …«, flüsterte Franzi, als Kim und Marie schlitternd neben ihr zum Stehen kamen.

»Wo kam das her?«, fragte Kim und sah sich besorgt um.

Der Gang lag lang und düster vor ihnen, Spinnweben hingen in den Ecken. Wenn sich hier Geister tummelten, dachte Franzi, fühlten sie sich bestimmt wohl. »Hier gibt es keine Türen«, flüsterte sie, »ich glaube, irgendetwas lebt hier … in den Wänden.«
Kim und Marie sahen Franzi an und schluckten schwer. Der leere Gang wirkte auf einmal wie ein Schlund, der sie jeden Moment verschlingen könnte.
Als sie zurück in die Garderobe kamen, erwartete die drei !!! eine weitere böse Überraschung. »Wer macht so etwas nur?«, hörten sie Robert Wilhelms schimpfen. »Das ist doch krank!«
Alle Teilnehmer des Theaterprojekts standen in einer Gruppe zusammen und starrten auf die Wand. Marie ging einen Schritt näher. Sie zuckte zusammen, als sie erkannte, was es war: ihr Kostüm! Das türkisfarbene Feenkostüm hing an der Wand, die zarten, gelben Flügel mit Pfeilen durchbohrt. Die Einstichstellen waren sogar mit roter Farbe beschmiert worden, sodass sie aussahen wie blutende Wunden.

Marie atmete heftig aus und trat noch einen Schritt vor. »Wie gemein!«
Kim berührte sie am Arm und hielt sie sanft zurück: »Ich weiß, Marie. Aber du darfst den Tatort nicht kontaminieren.«
Da hatte Kim leider recht. Marie nickte betrübt. Erst jetzt fiel ihr Blick auf den roten Schriftzug, den der Täter – oder die Täterin – quer über das Kleid an die Wand geschmiert hatte. »Verschwindet aus Nimmerland!«, las Franzi leise vor. Daneben prangte, ebenfalls in Blutrot, das Bild eines Totenkopfs.
»Welches Monster hat das getan?« Robert Wilhelms, dramatisch wie immer, reckte seine Fäuste in die Luft. »Wer neidet uns den unschuldigen Spaß am Spiel?«
»Ist jetzt alles vorbei?«, wimmerte Paula. Sie sah so unglücklich aus, dass Marie sofort ihre eigene Wut und Enttäuschung vergaß und ihr den Arm um die Schultern legte. »Nein. Da will uns nur jemand erschrecken«, sagte sie sanft. »Aber wir lassen uns keine Angst machen, Paula. Das alte Theater muss gerettet werden, und unser Stück wird stattfinden. Okay?«
Paula wischte sich mit dem Handrücken über die Augen und nickte. »Okay …«, wisperte sie und sah Marie dankbar durch ihre runde Brille an. Marie verzog das Gesicht zu einem tapferen Lächeln, das jedoch sofort gefror, als eine schadenfrohe Stimme in ihrem Rücken ertönte:
»Na, Marie? Bist du aus deinem komischen Kleid geplatzt oder warum sieht das so schlimm aus?« Alle drehten sich um: Verena stand in der Tür. Sie trug einen langen Mantel und sah sehr zufrieden mit sich aus. Erst jetzt fiel Marie auf, dass Verena nicht bei der Probe gewesen war. Was hatte sie in der Zwischenzeit getrieben?
»Wo kommst du denn jetzt her?«, fragte sie misstrauisch.
Verena lächelte sie falsch an: »Warum? Hast du mich vermisst, Marie? Ich musste nur noch ein paar Schönheitskorrekturen an meinem Kos-

tüm vornehmen!« Verena riss mit großer Geste ihren Mantel auf. Darunter trug sie ihr Piratenkostüm, das sie allerdings ziemlich kurz abgeschnitten und mit Rüschen verziert hatte.
Franzi musste sich trotz des Ernstes der Lage ein Lachen verkneifen.
»Hast du an meinem Kostüm auch etwas ändern müssen?« Marie deutete wütend auf ihr zerstörtes Feenkleid an der Wand.
Verena trat langsam auf sie zu, bis ihr Gesicht ganz nah vor Maries war, und zischte: »Was willst du damit andeuten, Marie Grevenbroich?«
»Ich glaube, hier spukt es echt«, wimmerte Jasmin in diesem Moment und packte Verenas Arm. »Ich will nach Hause.«
Verena fuhr genervt zu ihr herum und schnippte mit den Fingern. »Reiß dich zusammen, Jasmin. Wenn Marie bleibt, bleiben wir auch. Irgendjemand muss hier ja das Niveau oben halten.« Verena funkelte Marie böse an. Marie starrte nur eiskalt zurück.

Die Probe war vorzeitig beendet worden. Robert Wilhelms hatte alle Nachwuchsschauspieler nach Hause geschickt, um sich von dem Schrecken zu erholen. Mit glasigen Augen lag er nun auf der Bühne, alle viere von sich gestreckt.
»Herr Wilhelms?« Kim beugte sich über ihn. »Es tut uns leid, was heute passiert ist. Uns ist das Stück genauso wichtig wie Ihnen. Wir glauben, dass wir Ihnen helfen können.«
Wilhelms blinzelte zu Kim hoch. »Könnt ihr das?«
Kim nickte. Franzi zog eine Visitenkarte aus der Hosentasche und reichte sie Wilhelms.

Wilhelms nahm sie zögernd, starrte sie einen Moment an und las dann vor: »Die drei !!!. Detektivinnen.« Er sah die Mädchen der Reihe nach an, auf seinem Gesicht ein Ausdruck des Erstaunens. »Detektivinnen?«
Kim, Marie und Franzi nickten. »Wir lösen jeden Fall«, sagte Marie nicht ohne Stolz.
Kim wurde gleich professionell: »Haben Sie vielleicht irgendwelche Feinde, Herr Wilhelms?«
Robert Wilhelms sah Kim betroffen an. Nachdenklich runzelte er die Stirn und starrte an die Decke. »Ich habe vieles, Kim. Spielfreude.

Eine Haut wie Porzellan. Zähne wie Messer. Aber Feinde? Nein. Ich war noch nie zuvor in diesem Theater. Wer sollte etwas gegen mich haben?« Er sah die drei Mädchen so unglücklich an, dass er ihnen leidtat.

»Keine Angst, wir werden herausfinden, wer das getan hat«, versprach Marie mit fester Stimme.

Wilhelms nickte langsam. »Ja«, sagte er, »das ist gut. Das ist sehr gut. Die Sache bleibt unter uns. Wenn die Stadt davon erfährt, können wir den Laden sofort dichtmachen. Und das will ja keiner, oder?« Er sah mit flehenden Augen in die Runde. Die drei Mädchen nickten.

»Glauben Sie uns. Bei den drei !!! ist dieser Fall in guten Händen.«

Kleine Brüder zu verschenken

Detektivtagebuch von Kim Jülich
Dienstag, 22 Uhr
Kommissar Peters würde ausflippen, wenn er es wüsste: Die drei !!! haben einen neuen Fall! Wer steckt hinter dem Anschlag im alten Theater? Was ist sein Ziel, und wie weit wird er gehen, um dieses Ziel zu erreichen? Gestern nach der Probe haben wir sofort den Tatort untersucht. Leider hat das Phantom sehr professionell gearbeitet und keine Fingerabdrücke in der Garderobe hinterlassen, nicht einmal auf den Pfeilen, mit denen es Maries Kostüm an die Wand genagelt hat. Gestohlen wurde auch nichts, es ging also tatsächlich nur darum, uns einen Schrecken einzujagen.
Da ein Täter in den meisten Fällen im näheren Umfeld zu finden ist, werden wir uns auf die Teilnehmer des Theaterprojekts und ihre Motive konzentrieren.
Maries erste Theorie, dass es sich wirklich um einen Geist handeln könnte, scheidet definitiv aus.
Hauptverdächtige Nummer eins: Verena.

Sie war während der Probe nicht da und hätte Zeit gehabt, die Garderobe zu verwüsten. Indiz am Tatort: ein rosa Kaugummibatzen.
Ihr Motiv: eindeutig Eifersucht.
Sie ist stinksauer, dass Marie ihr die Rolle weggeschnappt hat. Was läge da näher, als ihr Kostüm zu zerstören?
Franzi hat dagegen eine ganz andere Theorie: Sie glaubt, dass Miley hinter der Sache stecken könnte. Immerhin hat sie ihr im Gang ein Bein gestellt und sich auch ansonsten recht merkwürdig verhalten.
Franzi hat sogar noch einen dritten Verdächtigen auf den Tisch gebracht: Marvin Koslowski, Schleimi-Robins besten Kumpel, der anscheinend etwas dagegen hat, dass Robin mit uns Theater spielt. Sie hat die beiden zufällig belauscht.
Fest steht: Wir müssen all diesen Spuren nachgehen. Was das merkwürdige Heulen betrifft, stehen wir noch vor einem Rätsel …

Kim hielt mitten im Tippen inne und sah von ihrem Laptop auf. Sie schüttelte ihre Hände aus und verlagerte ihr Gewicht ein wenig nach vorn. Plötzlich machte es leise »Krrrks!«. Kim erstarrte. Ihre Hände schwebten über der Tastatur ihres Laptops. Sie runzelte die Stirn und schob ihren Schreibtischstuhl zurück. Tatsächlich, unter einer der Rollen lag ein zerbrochener Kartoffelchip. Kim nahm ihn hoch und schnüffelte daran. »Cheese and Onion«, sagte sie leise. »Moment, das ist doch die Lieblingssorte von …«
Kim lauschte. Als ein kleiner, nervöser Pups aus ihrem Kleiderschrank drang, schloss sie wissend die Augen: »Bingo!« Mit zwei Sätzen war sie bei ihrem Schrank, riss die Tür auf und zog ihre panischen kleinen

Brüder Ben und Lukas an den Pyjamakragen heraus. »Was habe ich euch gesagt? Mein Laptop ist für euch tabu.«
»Er war's nicht«, kreischte Lukas und wedelte mit der halb leeren Chipstüte Richtung Ben.
»Er war's auch nicht«, quiekte Ben.
»Wir waren es beide nicht!«
»Unschuldig bis zum Beweis der Schuld!«
Kim lachte nur trocken auf. »Netter Versuch!« Sie schleifte die beiden Störenfriede zur Tür. Dabei ließ sie es sich nicht nehmen, ihnen wie eine Polizistin aus einem Fernsehkrimi ihre Rechte vorzutragen: »Aufgrund der erdrückenden Beweislast sind die Angeklagten bereits überführt. Es ist ihnen untersagt, sich diesem Computer in einem Radius von weniger als drei Metern zu nähern. Verstöße gegen diese Verfügung werden mit Gutenachtgeschichtenentzug geahndet.« Kim schubste die beiden durch den Türrahmen in den Flur.

»Aber unsere Chips«, jammerte Ben.

Kim biss grimmig in einen Chip. »Konfisziert«, knurrte sie und schlug die Tür zu. Zumindest versuchte sie es, doch in letzter Sekunde schob sich ein Schnürschuh in den Türspalt. Kim blickte auf ihre Brüder hinunter, die mit einem fiesen Lächeln zu ihr hochstarrten.

»Weiß Mama eigentlich«, fing Ben zuckersüß an, »dass du das Mathecamp schwänzt?«, vollendete Lukas den Satz. Kim holte tief Luft. Es nützte nichts. Die beiden Plagegeister hatten sie in der Hand.

»Was wollt ihr?«, fragte sie heiser.

Ben streckte den klebrigen Zeigefinger aus. »Wir wollen deinen Laptop!« Sekunden später saß Kim im Schneidersitz auf ihrem Bett und versuchte, den Rest ihres Tagebucheintrages mit der Hand in ein abgegriffenes Notizbuch zu übertragen. Ihre Brüder saßen im Hintergrund vor dem Laptop und schossen krakeelend irgendwelche Raumschiffe oder Marsmenschen vom Himmel. Es war nervenzerfetzend, aber Kim hatte keine Wahl. Alles, was sie tun konnte, war, ihre Umgebung auszublenden. Sie setzte den Bleistift auf und den Gedanken fort, bei dem sie zuvor unterbrochen worden war:

Wie gesagt, das Heulen kann viele Gründe haben. Morgen teilen wir uns auf. Franzi wird Marvins Motiv überprüfen, Marie und ich nehmen das Theater noch einmal unter die Lupe. Wenn dort wirklich etwas in den Wänden ist, werden wir es finden. Ich hoffe, Marie kommt nicht wieder zu spät!«

Die Vögel zwitscherten, das Theater lag im Morgennebel und Kim Jülich saß auf den Stufen und langweilte sich. Sie hätte es wissen müssen. Marie kam oft zu spät, aber morgens war es am schlimmsten. Vermutlich hätte Kim zu Grevenbroichs nach Hause fahren und sie persönlich aus dem Bett ziehen müssen. Kim seufzte und richtete gerade die blaue Spange, mit der sie sich die Haare zurückhielt, als Marie durch die Bäume gestakst kam. Ihr blondes Haar war verwuschelt, sie trug eine große Sonnenbrille und hielt einen To-go-Becher in der Hand. Grüner Tee, ihre bevorzugte Methode gegen Müdigkeit.

»Schlafentzug ist in anderen Ländern eine Foltermethode!«, gähnte sie, als sie auf Kim zukam. »Es sind Ferien!«

Kim rollte nur die Augen. »Na endlich! Hast du's dabei?«

Marie zog nacheinander verschiedene Gegenstände aus ihrer Umhängetasche. »Jaja. Alles, was ein Mädchen braucht. Lipgloss. Haarbürste. Dietrichset.« Marie zückte das Dietrichset und machte sich dann am Schloss zu schaffen. Eher ungeschickt.

»Was dauert denn da so lange?«, fragte Kim.

»He, ich bin gerade erst aufgestanden«, murrte Marie. »Gib mir mal ein bisschen Zeit zum Aufwachen.«

»Die hättest du gehabt, wenn du ein bisschen *früher* aufgestanden wärst!«

»Bin ich doch!«

Kim verdrehte in gespielter Frustration die Augen. »Warum tue ich mir das eigentlich an?«, seufzte sie.

»Weil ich eine echt gute Freundin bin?«, gab Marie mit einem charmanten Lächeln zurück. »Und unglaublich talentiert im Schlösserknacken? Voilà!« Als die Tür aufschwang, ließ Marie Kim den Vortritt. »Nach Ihnen, Mademoiselle Jülich«, sagte sie scherzhaft und zwinkerte Kim über den Rand ihrer Sonnenbrille hinweg zu. Kim musste nun doch lächeln. Sie knuffte Marie in die Seite und setzte sich in Bewegung. Marie folgte ihr.

Sie bemerkten nicht, dass am Waldrand wieder der mysteriöse alte Mann stand und sie mit grimmiger Miene beobachtete.

Minuten später untersuchten Kim und Marie den Theaterflur auf Spuren. Marie klopfte die Wände nach Hohlräumen ab, während Kim den Strahl einer UV-Lampe darübergleiten ließ. Nach einer

Weile schüttelte Marie seufzend ihr Handgelenk aus: »Hier ist nirgends ein Hohlraum, Kim. Ich habe alles abgesucht.«
»Such weiter. Irgendetwas *muss* hier hinter den Wänden sein«, murmelte Kim.
Marie stöhnte auf. »Ich kann nicht mehr.« Sie schlug frustriert mit der Faust gegen die Wand und taumelte. Sie wäre beinahe auf etwas ausgerutscht. Als sie ihr Gleichgewicht wiedergefunden hatte, bückte Marie sich und hob eine Tube hoch. »Glue« stand darauf. Marie schraubte sie auf. Die Paste sah aus wie Zahncreme und stank wie …
»Wäh, hat hier jemand Stinkekäse vergammeln lassen?« Kim rümpfte die Nase.
»Nee.« Marie hob die Tube »Glue« hoch. »Aber jemand hat sein Haargel hier verloren.«
Marie schnüffelte fachmännisch. »Bestimmt drei Wochen alt. Kein Luxusprodukt, aber gehobener Standard. Könnte Verena gehören …«

»Oder Marvin«, fiel Kim ihr ins Wort. »Irgendwie müssen diese starren Schleimfrisuren ja entstehen. Das würde dann für Franzis Theorie sprechen.«

Marie, die nach wie vor auf Verena als Täterin tippte, runzelte die Stirn und wollte gerade widersprechen, als Kim plötzlich ruckartig den Kopf hob: »Pssst! Marie, hörst du das auch?«

Marie lauschte ebenfalls.

»Da!« Kim hob den Zeigefinger. »Das klingt wie …«

»Musik«, flüsterte Marie.

Tatsächlich, aus der Ferne schwebte eine zarte Melodie herüber. Gespenstisch und geheimnisvoll lockte sie die beiden Mädchen sirenenhaft an.

Kim schluckte: »Ist das eine gute Idee?«, wisperte sie.

»Wir müssen schauen, wo das herkommt. Vielleicht finden wir ja das Phantom«, gab Marie zurück.

Kim holte tief Luft, dann folgte sie Marie, die wiederum der zarten Melodie nachschlich, die sich vor ihnen durch den langen Gang zu winden schien, wie ein Faden, der sie zu einem unbekannten Ziel führte.

Sie erreichten den Fuß einer steilen Wendeltreppe und stiegen langsam hinauf. Die Melodie wurde lauter. Sie klang kratzig und abgehackt, wie die alte Spieldose, die Kim als Kind gehabt hatte. Als sie schließlich durch eine offene Tür in einen kleinen Raum traten, stand in dessen Mitte tatsächlich eine Spieldose. Sie schien vor einer Weile aufgezogen worden zu sein, das Lied stockte immer wieder. Das kleine Kästchen in der Mitte des leeren Raumes hatte etwas Unheimliches. Es wirkte beinahe wie eine Falle.

»Sei vorsichtig!«, flüsterte Kim, als Marie in die Knie ging.

»Jaja.« Behutsam hob Marie den Deckel der Spieldose an und zuckte dann erschrocken zurück. Aus dem Inneren der Spieldose war ein kleiner Springteufel an einer Feder geschossen.

Bei näherem Hinsehen erkannte Kim, dass es sich dabei um ein Krokodil handelte. Ein Krokodil mit scharfen Zähnen und großen Glupschaugen.
»Was ist das denn für ein schlechter Scherz?«, staunte Marie und rappelte sich auf. Aber Kims Neugier war nun doch größer als ihre Furcht. Hier handelte es sich um eine interessante Mechanik, der sie auf die Spur kommen wollte. Sie nahm die Kiste hoch und drehte sie um. Im Boden befand sich eine kleine Klappe.
Kim schob ihre Finger unter den Rand und drückte sie auf.
»Was siehst du?« Marie lugte über Kims Schulter.
Kim hob die Spieldose in den Lichtstreif, der durch die offene Tür in den Raum fiel, und zeigte Marie ein Nest aus Kabeln. Darin saß, wie eine fette Spinne, eine Uhr.
»Das ist eine Zeitschaltuhr«, erklärte Kim. »Das heißt, wer auch immer das war, kann inzwischen überall sein.« Kim griff nach einem der Kabel und riss es ab. Die Musik verstummte. »Interessant …«, murmelte Kim.
In diesem Moment packte Marie sie am Arm. »Kim«, sagte sie mit einer Stimme, dass es Kim kalt den Rücken hinunterlief. »Schau mal, da drüben!«
Kim folgte ihrem Blick. An der Wand gegenüber der Tür stand wieder ein Spruch in roter Farbe: »Bald geht ihr über die Planke!« Ein Zitat aus *Peter Pan*. Daneben hatte jemand einen roten Totenkopf gemalt, wie in der verwüsteten Garderobe.
Kim schluckte: »Das Phantom hat wieder zugeschlagen.« Kaum hatte Kim diese Worte ausgesprochen, knallte hinter ihnen die Tür zu und die beiden Mädchen standen in völliger Dunkelheit. Ein Schlüssel drehte sich im Schloss. Jemand hatte sie eingeschlossen. Kims Gefühl hatte sie nicht getrogen: Die Spieldose *war* eine Falle gewesen.
»Hey!« Marie rannte zur Tür und trommelte wütend mit den Fäusten dagegen. »Mach sofort auf! Was soll das? Lass uns raus!«

Kim verkrallte sich nervös im Saum ihres T-Shirts. Sie hasste es, in engen Räumen eingeschlossen zu sein. »Marie, ich muss hier raus«, jammerte sie.
»Ich bin schon dabei«, rief Marie über die Schulter. Sie zog ihr Dietrichset aus der Tasche und machte sich am Türschloss zu schaffen.
Kim hampelte nervös von einem Bein auf das andere. »Marie, bitte beeil dich! Ich habe doch ...«
»Platzangst, ich weiß«, unterbrach sie Marie.
»Der korrekte Begriff wäre ja Klaustrophobie ...«, korrigierte Kim.
Marie hielt kurz inne und drehte sich zu ihr um. »Ernsthaft, Kim? Daran denkst du jetzt?«
»Entschuldigung. Bitte beeil dich einfach, ja?«
»Mach ich doch, aber da steckt was im Schloss. Oh nein, was ist das denn?« Marie zog den Dietrich aus dem Schloss, an dem nun ein langer, klebriger Faden hing: Jemand hatte einen rosa Kaugummi ins Schloss gestopft. »Wäh!« Marie schüttelte sich angeekelt. »Unser Phantom hat eine Vorliebe für Erdbeergeschmack. Tut mir leid, Kim, das kann jetzt eine Weile dauern.« Marie zuckte bedauernd mit den Schultern und machte sich wieder am Schloss zu schaffen, während Kim weiter gegen die Tür trommelte.
Ihr blieb auch nichts erspart! »Hilfe, wir sind hier drin! Holt uns hier raus!«
Plötzlich hörte Kim von draußen eine wohlbekannte Stimme: »Kim, Marie, seid ihr das?« Es war Franzi. Sie musste ihre Rufe gehört haben. »Franzi! Gut, dass du da bist.« Kim warf Marie einen erleichterten Blick zu. »Die Tür geht nicht auf.«
»Geht zur Seite!«, kam Franzis Stimme gedämpft durch das Schlüsselloch.
»Was?«, rief Kim, aber Marie zog sie schnell mit sich zurück, weg von der Tür. Sie ahnte, was Franzi vorhatte.

Tatsächlich, keine drei Sekunden später hatte das sportliche Ausrufezeichen die Tür auch schon aufgetreten. Sie ließ ihren Blick durch die staubige Rumpelkammer gleiten und warf ihren Freundinnen ein schiefes Grinsen zu. »Schön hier«, sagte sie ironisch.
Kim und Marie fielen ihr erleichtert um den Hals. Kim war schon lange nicht mehr so froh gewesen, Franzi zu sehen!

Der heimliche Verehrer

Wenig später saßen die drei !!! im Theatersaal und beobachteten Verena, die mit großen Gesten über die Bühne stolzierte und singend ihren Text als Käpt'n Hook trompetete: *»Das Beste, was man werden kann, ist immer noch Pirat …«* Der riesige Schlapphut rutschte ihr immer wieder in die Augen.

»Glaubt ihr, Verena ist das Phantom?«, fragte Kim. Sie war immer noch ein bisschen zittrig. Die Episode in der Rumpelkammer hatte sie ziemlich mitgenommen.

»Keine Ahnung«, beantwortete Marie nachdenklich Kims Frage. »Ich traue ihr alles zu. Allein, was sie mit ihrem Piratenkostüm gemacht hat, ist ein modisches Verbrechen.«

Kim und Franzi hoben grinsend die Augenbrauen.

»Was denn?« Marie grinste zurück. »Ich kann nichts dafür, dass ich so einen guten Geschmack habe!«

»Apropos modisches Verbrechen …« Franzi deutete auf Miley, die mit einer Feder auf dem Kopf und im Schneidersitz am Bühnenrand wartete und Verena zusah. »Ist euch aufgefallen, dass Miley seit drei Tagen dasselbe anhat?«

»Machst du doch auch ständig«, witzelte Marie.

»He«, Franzi versetzte Marie einen scherzhaften Tritt. Dann richtete sie ihren Blick wieder auf Miley. »Ich traue ihr einfach nicht …«

»Was hat denn deine Recherche in Sachen Marvin ergeben?«, unterbrach Kim sie. »Du wolltest doch herausfinden, warum er nicht will, dass Robin bei uns mitmacht?«

»Ach ja!« Franzi schnappte sich Maries rosafarbenes Smartphone, auf dem diese gerade eine Nachricht eintippte.

»Hey, was willst du damit?«, rief Marie verärgert.

»Keine Angst, ich mache es nicht kaputt. Ich will euch nur kurz was zeigen. Schaut mal her …« Franzi rief eine Seite auf und präsentierte sie Kim und Marie: Auf einem Foto waren Marvin und Robin zu sehen, die mit identischen Schleimtollen in die Kamera grinsten. »Marvin und Robin machen bei Online-Dancebattles mit. Demnächst ist ein großer Tanzwettbewerb. Und ratet mal, an welchem Datum?«

»An unserer Premiere?«, riet Marie.

»Richtig geraten!« Franzi gab ihr triumphierend das Smartphone zurück. »Marvin hat eindeutig ein Motiv: Er will Robin zurückhaben, um mit ihm den Tanzwettbewerb zu gewinnen.«

»Und deshalb sabotiert er das Stück. Robin macht nämlich lieber hier mit. Deinetwegen, Kim«, fügte Marie grinsend hinzu.

Kim wurde rot. »Leider«, knurrte sie.

»Was *auch* sehr interessant ist«, murmelte Marie und vergrößerte mit Daumen und Zeigefinger ein weiteres Foto, auf dem Marvin schwärmerisch eine Tube »Glue«-Haargel in die Kamera hielt. »Marvin und Robin werden von der Marke ›Glue‹ gesponsert. Kommt dir das bekannt vor, Kim?«

Kim runzelte die Stirn. »Das Stinkezeug aus dem Gang? Sehr verdächtig!«

Plötzlich warf Verena ihren Piratenhut auf die Bühne. »Dieses Ding steht mir einfach nicht! Wie soll ich mich konzentrieren, wenn ich mich nicht wohlfühle? Die Probe ist hiermit beendet!« Mit diesen

Worten stampfte sie Richtung Umkleide davon, ihre Freundinnen im Schlepptau.

Marie stieß Kim in die Seite. »Los, ihr nach!« Die drei !!! schlichen durch die Kulissen, während Wilhelms zu einer Einzelprobe mit Robin überging. Bereits auf der Treppe nach unten hörten sie Verena und ihre Freundinnen schrill kichern und durcheinandergackern.

Franzi verzog das Gesicht zu einer Grimasse: »Verena hat schon wieder gute Laune.«

»Warum beunruhigt mich das?«, fügte Marie ahnungsvoll hinzu. Gemeinsam traten die drei Mädchen durch den Vorhang in die Künstlergarderobe.

»Puh, was stinkt denn hier so?«, rief Kim und wedelte eine Parfümwolke weg.

Verena, Jasmin und Luise saßen, umgeben von drei prächtigen Blumensträußen, vor einem der Spiegel und sprühten sich gegenseitig mit Parfüm ein. Auf der Ablage stand eine offene Schachtel Pralinen.

»Ach Kim, du bist ja bloß neidisch, weil du keine Fans hast«, kicherte Verena und klimperte geziert mit den Wimpern. »Wir haben Geschenke von einem heimlichen Verehrer bekommen.«

Kim betrachtete die Blumensträuße irritiert, bog vorsichtig die Stiele mit den Händen auseinander. »Keine Karte. Kein Absender. Findet ihr das nicht verdächtig?«, fragte sie.

Jasmin verdrehte die Augen und sah Kim an, als sei sie nicht mehr ganz dicht. »Hallo-ho? Seit wann schreibt ein heimlicher Verehrer seinen Namen drunter?«

Verena warf ihr Haar zurück. »Lass sie in Ruhe, Jasmin. Kim weiß doch noch nicht mal, was ein Verehrer ist.«

Kim atmete tief durch. Auf dieses Niveau würde sie sich nicht begeben. Sie war immerhin Detektivin und hatte einen Fall zu lösen. Geschenke ohne Absender? Das sprach für das Phantom und sicher war es gar nicht schlau, diese Pralinen zu essen.

»Sag mal, Verena«, sagte Franzi in diesem Moment. »Was hast du da eigentlich im Gesicht?« Kim und Marie sahen ebenfalls zu Verena. In ihrem Gesicht waren viele kleine rote Pusteln aufgetaucht. Wie Pickel oder Windpocken.
Verena fasste sich nervös lachend ins Gesicht: »Ha, ha! Auf den Trick falle ich sicher nicht rein, Franzi Winkler.«
»Aber du hast da wirklich was«, rief Jasmin entsetzt.
»Du auch«, jammerte Luise und zeigte auf Jasmin. Ihre Gesichter waren überzogen mit roten Pusteln. Die drei Mädchen fuhren gleichzeitig zum Spiegel herum und kreischten so schrill auf, dass die drei !!! sich die Hände über die Ohren pressten.
Verena packte Marie am Ärmel: »Marie! Mach, dass es weggeht!«
»Beruhigt euch mal.« Kim deutete auf die offene Pralinenschachtel. »Habt ihr davon gegessen?«
Jasmin rollte wieder mit den Augen. »Hallo? Nein? Wir sind auf Diät!«

»*Ich* hab' eine gegessen«, gab Verena kleinlaut zu.
»Ich auch«, piepste Luise. Jasmins Mund klappte auf. Dann sagt sie schnell: »Na gut, ich auch. Aber nur eine.«
»Da fehlen aber vier«, stellte Kim fest. Die drei Mädchen zuckten mit den Schultern. Kim zückte eine Pinzette und gab eine der Pralinen in einen Plastikbeutel, den Franzi ihr aufhielt. Später würden sie dieses Beweismittel im Hauptquartier untersuchen.
»Damit können wir die drei wohl ausschließen«, flüsterte Franzi ihr zu.
Kim hob die Schultern. »Es sei denn, sie wollten einfach von sich ablenken?«
»Unlogisch«, mischte Marie sich ein. »Verena würde nie ihr eigenes Gesicht opfern.«
Die drei !!! sahen zu Verena und ihren Freundinnen hinüber, die immer noch wie drei begossene Pudel vor dem Spiegel saßen und ihre Pickel begutachteten.
»Es ist schrecklich«, jammerte Verena. »Wie soll ich denn so auf die Bühne?«
»Sieh es doch mal so, Verena.« Marie schlenderte zu Verena hinüber und hielt ihr wieder den schwarzen Piratenbart vors Gesicht. »Dein Gesicht wird man auf der Bühne doch sowieso nicht sehen.«
Verena schlug den Bart mit einem wütenden Knurren zur Seite.
Währenddessen war Kims Blick auf einen kleinen Zettel gefallen, der unter dem Schminktisch lag. Er musste im Blumenstrauß gesteckt haben. Das Herz rutschte Kim in die Hose: Es hatte wohl *doch* einen Absender gegeben. »Für Tinkerbell und ihre Freundinnen« stand in roter Krakelschrift auf dem Kärtchen. Daneben war wieder ein kleiner, roter Totenkopf gemalt worden. Kim schluckte schwer. »Mädels?«, sagte sie und drehte sich langsam zu Franzi und Marie um. »Was mich am meisten an der ganzen Sache beunruhigt: Das vergiftete Geschenk war für uns bestimmt!«

An diesem Nachmittag fanden keine Proben statt. Kim nutzte die Gelegenheit, um die Pralinen zu untersuchen. Es stand einiges auf dem Spiel. Für Kim war klar: Das Phantom hatte Lunte gerochen und gemerkt, dass die drei !!! es verfolgten. Ein Wettlauf gegen die Zeit begann. Sie wussten ja nicht, was das Phantom noch alles gegen sie plante.

Leider benötigte Kim für die Analyse der Pralinen die Hilfe von Michi. Sie war immer noch sauer auf ihn wegen der Sache im Theater. Es schien ihm nicht einmal etwas auszumachen, dass Kim nun sechs Wochen mit Robin auf der Bühne probte.
Kim versuchte, ihren Ärger hinter der Schutzbrille, die sie trug, zu verbergen. Trotzdem war die Stimmung im Hauptquartier, wo Michi seinen Chemiebaukasten aufgebaut hatte, zum Zerreißen angespannt. Kim schob sich die Brille auf die Stirn und beugte sich stirnrunzelnd über ein Reagenzglas.

»Interessant«, sagte Michi. Er war Kims Blick gefolgt. »Schwefel trennt sich normalerweise nie von Kohlenstoff.«
»Dem Schwefel scheint seine Beziehung zum Kohlenstoff ja sehr wichtig zu sein«, sagte Kim spitz. Michi sollte ruhig merken, dass sie immer noch sauer auf ihn war. Der Satz hatte seine Wirkung nicht verfehlt.
Michi fuhr sich verlegen durch sein strubbeliges Haar. »Ich weiß, ist echt doof gelaufen mit Wendy und Peter und allem …«, sagte er zögernd.
Kim schwieg eisern, aber ihre Ohren waren gespitzt. Versuchte Michi gerade, sich zu entschuldigen?
»Deshalb wollte ich dich fragen«, fuhr Michi fort und verknotete seine Finger ineinander, »ob du Freitagabend vielleicht Zeit hast für … ein Date?« Kim erstarrte. Und ob sie Zeit hatte! Ihre Mundwinkel zuckten, aber sie bemühte sich um Fassung. Nur nicht zu schnell klein beigeben. Michi sollte ruhig noch ein bisschen zappeln.
»In Ordnung«, sagte sie daher würdevoll und ließ die Praline in ein Reagenzglas mit grüner Flüssigkeit plumpsen.
»Cool!« Michi strahlte sie so liebevoll an, dass Kim sich nun doch zu einem ehrlichen Lächeln hinreißen ließ.
»Ich hole dich ab, okay?« Kim nickte und runzelte dann wieder die Stirn. In dem Reagenzglas verfärbte sich das grüne Wasser blutrot.
»Was ist das?«, murmelte Kim erschrocken.
»Ich glaube, das ist die Chemie zwischen uns«, säuselte Michi, der mal wieder total auf dem Schlauch stand. Plötzlich knallte es laut im Reagenzglas und die beiden wichen erschrocken zurück.
»Nein, nein, nein!« Kim schnappte sich das dicke Chemiebuch und blätterte hastig die Seiten um. »Das ist … Gift!«

»Gift?«, riefen Marie und Franzi wie aus einem Mund. Kim hatte sie sofort nach ihrer Entdeckung ins Hauptquartier bestellt. Jetzt saßen

die drei !!! zusammen in ihrem geheimen Eck in der Pferdekutsche und berieten sich.
»Um genau zu sein: Insektengift«, sagte Kim und hob das Chemiebuch hoch. »Eine etwas höhere Dosis, und Verena hätte ganz andere Probleme gehabt als Pickel. Das Zeug kann *lebensgefährlich* sein.«
Marie schnappte nach Luft.
Franzi starrte unterdessen wie hypnotisiert auf das Symbol, das ihr von der Buchseite entgegensprang: ein schwarzer Totenkopf auf einem gelben Dreieck. »Kammerjäger Koslowski!«, sagte sie laut. Franzi sprang auf und lief vor den beiden hin und her. »Ich habe Robin und Marvin doch belauscht. Sie saßen in diesem kleinen Auto mit der Kakerlake auf dem Dach. Auf der Seite war dasselbe Symbol: der Totenkopf auf dem gelben Dreieck. Marvins Vater ist Kammerjäger! Was bedeutet, dass Marvin Zugang hat …«
»… zu Insektenbekämpfungsmitteln«, vollendete Kim den Satz. »Das ist interessant. Wir sollten mal mit diesem Marvin Koslowski reden.«

Koslowskis Geheimnis

Marvin Koslowski hing kopfüber von der Decke seiner Garage. Franzi ging langsam um ihn herum: »Wo warst du Montag früh, Koslowski?«

»Das geht dich gar nichts an«, fauchte Marvin. Zuvor hatte er die drei !!! als »nervige Mädchen« beschimpft und ihnen ziemlich unfreundlich die Tür vor der Nase zugeknallt. Das hatte Franzi ihm so übel genommen, dass sie ihn kurzerhand mit Maries Hilfe an den Füßen gepackt und kopfüber an die Decke gehängt hatte.

»So kann man sich doch viel besser unterhalten«, sagte sie nun zuckersüß. »Vielleicht willst du uns ja jetzt verraten, warum du das Theater sabotierst?«

»Franzi!« Kim, die neben dem Kakerlaken-Auto stand, hob zaghaft ihren Zeigefinger. »Geständnisse unter Folter sind vor Gericht nicht zulässig.« Natürlich war das ein bisschen übertrieben: Marvin hing zwar an den Füßen von der Decke, aber Franzi würde ihn mit Sicherheit bald wieder runterlassen.

»Vertrau ihr, Kim«, sagte Marie. »Franzi weiß, was sie tut!«

»Weiß sie das?« Kim sah sich unbehaglich um. Die Garage war weitläufig und roch nach Benzin. Neben dem Kakerlaken-Auto lagerten hier Fässer mit Insektenvernichter. An der anderen Seite des Raums befanden sich einige Schließfächer. Eine Spindtür stand halb offen, dahinter konnte Kim einen weißen Schatten erkennen.

»Rede mit uns, Marvin!«, rief Franzi in diesem Moment so laut, dass Kim zusammenzuckte. Sie hatte in letzter Zeit wohl zu viele Krimis mit Verhörszenen im Fernsehen gesehen.

»Was wollt ihr überhaupt? Ich war noch nie in diesem blöden Theater!«, schrie Marvin empört zurück.

»Ach ja?« Marie zückte die Tube Haargel, die sie im alten Theater gefunden hatte. »Wir haben dort aber belastende Indizien gefunden.«

Marvin geriet einen Moment ins Stocken. Dann erhob er wieder die Stimme: »So ein Quatsch! Das ist nicht meines.«

»Oh, bitte.« Marie lachte auf. »Wir wissen, dass du eine bezahlte Partnerschaft mit ›Glue‹ hast. Das Logo ist ja sogar«, sie öffnete mit großer Geste einen Spind, »auf deinem Tanztrikot!« Im Spind hing tatsächlich ein T-Shirt mit dem Logo von »Glue«.

Marvin verdrehte die Augen. »Das ... das ist auch nicht meins?«, versuchte er es schwach.

Franzi stieß Marvin mit dem Finger an, sodass er sich an seinem Seil zu ihr herumdrehte. »Du warst im Theater und hast uns sabotiert! Wegen Robin! Gib es endlich zu, Marvin!«

»Da kannst du lange warten!«, knurrte Marvin.

»Na gut, du hast es nicht anders gewollt!« Franzi betätigte einen Hebel an der Wand und Marvin ruckte an seinem Seil ein paar Zentimeter auf den Boden zu. Er kreischte panisch auf. Denn unter ihm stand eine Wanne mit Kleister.

»Marvin, Marvin.« Nun schritt auch Marie auf Marvin zu, stützte die Hände auf die Knie und legte den Kopf schief, um ihm ins Gesicht sehen zu können. »Weißt du denn nicht, was Tapetenkleister mit deiner geliebten Schleimfrisur anrichten kann?«

Marvin schielte nervös zu ihr hin. »Das wagt ihr nicht.«
»Wollen wir wetten?« Franzi zog wieder an dem Hebel und Marvin ruckte erneut ein Stück auf den Boden zu.
»Stopp, stopp, stopp!«, schrie er. »Ihr habt recht, okay? Ich war wirklich im Theater. Aber das ist schon länger her …«
Franzi nickte. »Geht doch. Wie lange ist es her?«
»Bevor ich hier irgendetwas sage, lasst ihr mich aber gefälligst runter.«
»Schade eigentlich«, murmelte Franzi grinsend. »Aber wir wollen mal nicht so ein. Ich habe ja schließlich auch ein Herz.«
Kim war fast noch erleichterter als Marvin, als dieser endlich wieder auf festem Boden stand. Sofort richtete Marvin seine Haare wieder her, vor einem matten Spiegel, der über einem dreckigen Waschbecken in der Ecke hing.
»Also, was hast du im Theater getrieben?«, fragte Franzi.
Marvin warf Franzi einen finsteren Blick über den Spiegel zu. »Bevor die Stadt das Theater gekauft hat, war das die totale Bruchbude. Und ratet mal, wer das ganze Ungeziefer rausgejagt hat, die ganzen Ratten, Mäuse, Tauben und Kakerlaken?«
»Kammerjäger Koslowski?«, fragte Kim. Es war mehr eine Feststellung als eine Frage.
»Eine echte Gemeinheit, Tiere aus ihrem Zuhause zu vertreiben.« Franzi verschränkte die Arme vor der Brust. »Die Mäuse, Ratten, Tauben und Kakerlaken haben doch niemandem etwas getan.«
»Anders ging's halt nicht«, fauchte Marvin. »Oder willst du etwa, dass euch beim Theaterspielen Ratten zwischen die Füße laufen?«
Kim und Marie wechselten einen Blick: Sie konnten sich wirklich angenehmere Dinge vorstellen, auch wenn Franzi das vermutlich anders sah.
»Ist dir im Theater vielleicht irgendetwas aufgefallen?«, fragte Kim schnell, bevor Franzi zu einer weiteren Schimpftirade ansetzen konnte. »Irgendwas … in den Wänden?« Die drei !!! sahen Marvin ge-

spannt an, der zuerst mit den Schultern zuckte und sich weiter auf seine Haare im Spiegel konzentrierte.

»Nee, eigentlich nicht.« Doch dann hielt er inne und sein Blick wurde leer, als würde er sich an etwas erinnern. »Obwohl …«, sagte er langsam und drehte sich zu Kim um. »Eine Sache war schon seltsam.« Er ging langsam auf den halb offenen Spind zu, öffnete ihn und schaute auf einen weißen Schutzanzug mit Maske, der dort hing. Die Arbeitskluft des Kammerjägers. Sachte strich er mit der Hand über die Maske, als könne diese seiner Erinnerung auf die Sprünge helfen. Dann begann er zu erzählen. »Es war ein verregneter Nachmittag. Eigentlich wollte ich mit Robin im Park für den nächsten Battle trainieren, aber bei dem Wetter ging das nicht. Also habe ich Papa bei der Arbeit geholfen. Ihm sind die ganzen Arbeiter abgesprungen. Keiner hat sich mehr getraut, in das Theater zu gehen, seit einer von ihnen behauptet hat, einen Geist gesehen zu haben.«

Marie wechselte einen aufgeregten Blick mit ihren Freundinnen.

Dann hörten sie weiter Marvin zu, der immer noch gedankenverloren an seinem Spind stand. »Ich weiß noch, dass es im Theater echt modrig war und feucht. Papa hat sich um den Zuschauersaal gekümmert, und ich war in diesem langen Gang …«

»… bei der Künstlergarderobe?«, fragte Kim begierig.

»Ja, genau.« Marvin nickte. »Da war ein Raum mit Spiegeln und alten Kostümen. Der Gang war dunkel. Und wisst ihr, wen die Dunkelheit anzieht? Kakerlaken!«

Marie verzog das Gesicht und schüttelte sich.

»Eigentlich hatte ich sie alle schon erwischt zu diesem Zeitpunkt, aber als ich gerade zurück zu meinem Vater gehen wollte, krabbelte plötzlich etwas an mir vorbei. Eines dieser kleinen Biester war mir entkommen. Das konnte ich natürlich nicht zulassen.«

Franzi schnaubte leise und wollte etwas sagen, aber Kim legte ihr die Hand auf den Arm.

Marvin fuhr fort: »Ich wollte das kleine Biest erwischen und bin ihm nach ... und dann ist es einfach in der Wand verschwunden!« Marvin hob den Kopf und sah die drei Mädchen an.
»Einfach so?«, fragte Franzi argwöhnisch.
»Einfach so«, bestätigte Marvin. »Hat sich einfach in Luft aufgelöst.« Er sah kurz über die Schulter, als könne ihn jemand belauschen, dann senkte er die Stimme zu einem bedeutungsschweren Flüstern: »Um auf deine Frage zurückzukommen, Kim. Ja. Irgendetwas war da, in der Wand. Kein Wunder, dass alle sagen, in dem alten Kasten spukt es.«
Kim trat einen Schritt zurück. »Marvin«, sagte sie langsam. »Kannst du dich vielleicht erinnern, wo genau diese Stelle war?«

Eine halbe Stunde später leuchtete Kim mit der UV-Lampe die Wand im Gang vor der Künstlergarderobe ab. Sie hatten die Entfernungen mit ihren Schritten ausgemessen und mussten nun genau an der Stelle stehen, an der Marvins Kakerlake verschwunden war. In der Ferne hörten sie Verena auf der Bühne krakeelen, sie und ihre Freundinnen probten mal wieder die finale Piratenszene, in der sich Käpt'n Hook und Peter Pan einen Fechtkampf lieferten. Das dauerte immer besonders lang, weil Verena und Robin ständig eigenmächtig die Szene abbrachen, um Robert Wilhelms ihre eigenen Inszenierungsideen anzutragen. Den drei Detektivinnen blieb also genug Zeit, sich hinter den Kulissen umzusehen und ungestört zu ermitteln. Der Strahl der UV-Lampe erfasste merkwürdige Finger- und Schleifspuren an der Wand. »Schaut her!«, wisperte Kim und fuhr die Spuren mit dem Strahl der Lampe nach. »Hier muss es sein. Moment, nimm mal.« Kim reichte Franzi die UV-Lampe. Dann streckte sie die Hand aus, fuhr an der Wand entlang und übte ein wenig Druck aus. Plötzlich klickte es, dann sprang wie von Geisterhand eine mechanische Tür auf, die in der Tapete getarnt gewesen war. Atemlos starrten die drei

Detektivinnen in die schwelende Dunkelheit, die sich dahinter erstreckte. Tatsächlich: Marvins Kakerlake hatte einen Geheimgang gekannt! Einen Geheimgang ohne Ende.
Kim schluckte beklommen, als Marie und Franzi hintereinander durch die Öffnung in den Gang kletterten. »Meint ihr, das ist eine gute Idee?«, fragte sie und zupfte Marie am Ärmel. Keine Antwort. »Ich meine, wir wissen doch gar nicht, was da drin ist.« Kim tippte Franzi an. Ebenfalls keine Antwort. »Vielleicht nistet da ein ganzer Kakerlakenstaat!«
»Kim, jetzt komm schon«, rief Marie. Ihre Stimme hallte unheimlich aus dem Gang wieder.
Kim seufzte. Dann gab sie sich einen Ruck. Auch das gehörte zur Detektivarbeit: mutig sein. »Sei mutig, Kim, sei mutig«, murmelte sie, während sie Franzis und Maries Schatten in den unheimlichen Gang folgte. Am Ende des Ganges lag ein schmaler Schacht, in dessen Wände eiserne Sprossen eingelassen worden waren. Franzi gab Marie wortlos die UV-Lampe und begann den Aufstieg.
Marie leuchtete nach oben, damit Franzi sehen konnte, wohin sie kletterte. »Und? Was siehst du?«, rief sie mit gedämpfter Stimme.
Franzis Schatten war nun am oberen Ende der Sprossen angelangt, sie zog sich hoch und stieß dann einen Laut der Überraschung aus. »Hier ist ein ganzer Raum«, rief sie aufgeregt den anderen zu. »Kommt schnell hoch!«
Das ließen Kim und Marie sich nicht zweimal sagen. Schnell kletterten sie hintereinander die rostigen Sprossen hoch und erreichten einen fensterlosen Raum, vollgestellt mit altem Krempel. Aus hohen Bücherregalen quollen vergilbte Papierbündel und Bücher, an den Wänden lehnten Porträts von Schauspielern, die hier wohl einmal aufgetreten waren: Damen mit aufwendigen Kostümen und Männer mit Rüschenhemden. Die meisten davon waren mit der Vorderseite zur Wand gedreht worden.

»Das ist ein altes Archiv.« Kim rieb sich die Hände, die vom Klettern ein wenig schmerzten. »Hier werden die Theatertexte aller Stücke aufbewahrt.«

»Warum ist denn ein Archiv so schwer zugänglich?«, fragte Marie, die gerade durch eine uralte Ausgabe von *Romeo und Julia* blätterte. Einige der Seiten hatten sich bereits aus der Bindung gelöst und flatterten zu Boden.

Kim hob sie auf und gab sie Marie, die sie zurück in das Buch legte und es zuklappte. »Vielleicht gab es früher einen anderen Eingang, der dann zugemauert wurde?« Die drei Mädchen sahen sich weiter in dem dunklen Raum um. Staub tanzte im Licht der Taschenlampe. Kims Blick fiel plötzlich auf einen Karton: »Peter Pan 2004« stand auf einem Etikett, das jemand schief auf den Deckel geklebt hatte.

»Schaut euch das an!« Kim hob den Deckel ab und nahm einen Stapel alter Fotos heraus, die zum Teil Brandspuren aufwiesen. »Die haben das Feuer überlebt.« Marie und Franzi sahen über Kims Schulter. Es war spannend zu sehen, dass *Peter Pan* vor so vielen Jahren schon einmal hier aufgeführt worden war. Die Kostüme waren dieselben, sogar das Bühnenbild sah ähnlich aus. Plötzlich stutzte Kim und hielt eines der Fotos näher an ihr Auge.

»Brauchst du eine Lupe?«, fragte Franzi und zog eine aus ihrer Hosentasche.

»Oh, danke. Du bist ja gut ausgestattet.«

»Eine Detektivin muss für alles gewappnet sein. Sagst du doch immer, Kim.«

»Stimmt. Danke.« Kim nahm die Lupe, beugte sich über das alte Foto und stieß einen überraschten Laut aus. »Das ist er. Das ist Robert Wilhelms.« Marie und Franzi sahen nacheinander durch die Lupe. Tatsächlich: Auf dem Foto war eine Gruppe Schauspieler zu sehen, die als Bäume verkleidet waren. Sie hatten ihre Arme ein-

gehakt und schwangen ihre Beine in die Luft. Ganz am Rand stand, mit herabhängenden Mundwinkeln, Robert Wilhelms. Er war jünger und hatte ziemlich miese Laune, aber es war eindeutig Robert Wilhelms.

»Warum hat er dann behauptet, dass er noch nie hier im Theater war?«, fragte Kim, an ihre Freundinnen gewandt. »Er hat uns angelogen.« Die drei sahen sich ratlos an.

Dann legte Franzi, die sich neben Kim gekniet hatte, plötzlich den Kopf schief. Sie spähte zwischen den Regalen hindurch. »Mädels, schaut euch das mal an!« Marie und Kim folgten Franzi, die wieder auf die Füße gesprungen war und nun um die Regale herumging. In der hintersten Ecke des Raumes stand ein kleines, senfgelbes Zelt.

Marie sah ein wenig nervös aus. Kein Wunder: Waren sie dem Phantom etwa näher gekommen, als ihnen lieb war?

Kim sah sich vorsichtig um. Ihr Blick fiel auf einen Kerzenstummel, der neben dem Zelt auf einer alten, zerbrochenen Untertasse klebte.

»Mädels«, flüsterte sie und griff unwillkürlich nach Maries Ärmel. »Wir sind nicht allein.«
»Woran siehst du das?«, wollte Franzi wissen. Kim antwortete nicht. Stattdessen deutete sie auf die Kerze, von deren Docht sich eine feine Rauchsäule Richtung Zimmerdecke kringelte. Irgendjemand hatte diese Kerze vor nicht allzu langer Zeit ausgepustet. Irgendjemand, der noch ganz in der Nähe sein musste. Kim, Marie und Franzi hielten den Atem an ... Dann hörten sie es. Ein tiefes Grollen, direkt hinter ihnen, das immer lauter wurde und immer näher kam.
»Marie, Franzi. Was ist das?« Kim schloss panisch die Augen und griff nach den Händen ihrer Freundinnen.
Marie und Franzi antworteten nicht, sie waren selbst wie erstarrt. Langsam drehten die drei sich um und schnappten nach Luft, als vor ihnen ein monströser Schatten an der Wand hochwuchs. Er wurde größer und größer. Kim glaubte schon, ihr letztes Stündlein habe geschlagen, als plötzlich ein kläffendes kleines Fellbündel aus dem Schatten hervorgeschossen kam und sich knurrend in Maries Turnschuh verbiss.
»Au!«, schrie sie und versuchte, ihren Fuß in Sicherheit zu bringen.
»Was ist das denn, ein Hund?« Franzi ging verblüfft in die Knie.
»Romeo, aus«, rief in diesem Moment eine wohlbekannte Stimme. Miley kam aus dem Zelt gekrochen. Sie griff dem kleinen Hund unter den Bauch, hob ihn hoch und drückte ihn an ihre Brust. »Aus, hab ich gesagt! Böser Hund!« Erst dann sah sie entschuldigend zu den drei !!! hoch, die sie fassungslos anstarrten.
Franzi war die Erste, die wieder zu Worten fähig war. »Du?« Verärgert trat sie auf Miley zu. »Du bist das Phantom! Ich hab's gewusst!«
»Aber wo ist das Motiv?«, warf Marie sofort ein.
»Sie hat keines!« Alle drehten sich zu Kim um, die Miley ernst ins Gesicht sah. Miley senkte den Blick. »Stimmt's?« Kim trat auf sie zu

und zog den Kragen ihrer Bluse ein wenig nach unten. Auf Mileys Hals waren kleine, rote Pusteln zu sehen. »Sie ist dem Phantom in die Falle gegangen. Wie Verena.«
»Sie hat auch von den Pralinen gegessen?« Marie sah Miley stirnrunzelnd an. »Aber wann?«
»Als ihr alle auf der Bühne wart, bin ich kurz in die Garderobe geschlichen und habe etwas zu essen gesucht«, murrte Miley.
»Eine Diebin bist du also auch?« Franzi zog die Augenbrauen hoch.
»Ich hatte Hunger, okay?« Miley drückte ihren Hund Romeo an sich und ließ sich in einen grünen Sessel fallen. »Wir haben ständig Hunger, Romeo und ich …« Sie vergrub ihr Gesicht in Romeos Fell, als wolle sie es vermeiden, den drei Mädchen in die Augen zu schauen.
Marie betrachtete ihren angeknabberten Turnschuh. »Na ja, jetzt wissen wir zumindest, wer deinen Schuh kaputt gebissen hat. Und jetzt meinen«, stellte sie seufzend fest.
»Und Franzi hat es tatsächlich gut beobachtet: Du hast seit drei Tagen dasselbe an.« Kim sah Miley an, die ertappt den Kopf hob. Ihr wildes, schwarzes Haar umrahmte ihr kleines Gesicht wie eine Gewitterwolke, und ihre Augen blitzten: »Na und?«
Kim fuhr gelassen fort: »Außerdem konntest du dich nicht entscheiden, ob du bei deiner Tante oder deiner Oma wohnst. Daraus schließe ich, dass du von zu Hause abgehauen bist. Und ich gehe jede Wette ein, dass du nicht Miley heißt. Richtig?«
Miley starrte Kim noch einen Moment lang an, dann ließ sie die Schultern fallen. »Mona«, sagte sie leise.
Marie trat vor: »Wie bitte?« Miley hob den Kopf und sah sie niedergeschlagen an: »Ich heiße Mona. Mona Müller. Und ihr habt recht, ich bin von zu Hause abgehauen. Miley ließ sich seufzend weiter in den Sessel sinken. Sie rutschte ganz tief hinein, ihre Beine lang in den Raum gestreckt. »Ich hab es einfach nicht mehr ausgehalten in Berlin. Der neue Freund meiner Mutter ist bei uns eingezogen. Seitdem ist

alles doof.« Marie, Kim und Franzi setzten sich neben Miley auf den Boden. Miley fuhr fort: »Er wollte Romeo ins Tierheim bringen. Nur weil er seine Fußballschuhe gefressen hat.«

»Was?« Franzi richtete sich empört auf. Tiere ins Tierheim stecken grenzte für sie an ein Verbrechen. »Was für eine Gemeinheit, das ist doch kein Grund.«

»Na ja, Romeo hat auch unseren Teppich gefressen und die Vorhänge und Mamas Bettvorleger, aber trotzdem! Ich hätte ihm schon beigebracht, sich zu benehmen.« Miley streichelte Romeo, der leise fiepend auf ihrem Bauch herumkletterte und versuchte, ihr das Gesicht abzuschlabbern.

Franzi wurde bei dem Anblick warm ums Herz: Diese beiden gehörten zusammen, das merkte man sofort.

»Im Tierheim wäre Romeo total unglücklich gewesen. Die Hunde sitzen da in winzigen Käfigen und dürfen nie raus.« Miley drückte Romeo fest an sich.

»Wie seid ihr überhaupt von Berlin hierhergekommen?«, fragte Kim, der Miley leidtat.

Miley zuckte mit den Schultern. »Es war eine spontane Aktion. Ich habe meinen Rucksack gepackt und gesagt, dass ich mit Romeo Gassi gehe. Und dann stand da dieser Lieferwagen in unserer Straße. Offen. Ich bin einfach reingeklettert und habe mich versteckt. Mir war es egal, wo er hinfährt. Hauptsache weit, weit weg von meinem sogenannten Stiefvater.« Miley streichelte gedankenverloren Romeos Ohren. »Auf halber Strecke habe ich dann gemerkt, dass ich hinter einem Klavier sitze.«

»Das Klavier, das mein Vater für das alte Theater bestellt hat«, rief Marie, bei der sofort der Groschen fiel.

Miley nickte. »Als der Wagen dann hier gehalten hat, bin ich raus und habe mich im Theater versteckt. Seitdem bin ich hier. Zuerst dachte ich, ich bleibe hier ganz allein. Aber dann kamt ihr und ich konnte nicht wiederstehen. In Berlin habe ich auch immer Theater gespielt. Ich habe es vermisst, wisst ihr? Ich wusste, dass es riskant ist, aber …« Miley zuckte mit den Schultern.

Marie verstand das vollkommen. »Wenn die Bühne ruft, muss man ihr folgen«, sagte sie lächelnd.

Miley sah sie an und lächelte zurück. »Genau so ist es.«

»Aber hier kannst du wirklich nicht bleiben«, fügte Marie sofort hinzu.

Miley sah die drei Mädchen der Reihe nach an. »Bitte verratet mich nicht. Ich kann nicht zurück nach Hause. Sie werden mir Romeo wegnehmen.«

»Aber deine Mutter macht sich bestimmt Sorgen um dich«, sagte Kim behutsam. »Meinst du nicht, dass du noch mal mit ihr reden kannst?«

Miley schüttelte heftig ihr wildes Haar. »Nein. Sie hört ja doch nur auf ihn.« Marie merkte, dass es keinen Sinn hatte. Sie legte Miley die Hand auf den Arm. »Okay. Weißt du was? Du kommst jetzt erst mal mit zu mir. Wir haben genug Platz.«

Miley hob den Kopf und sah Marie hoffnungsvoll an. »Wirklich? Meinst du, das geht?«

»Klar!« Marie stand auf und reichte Miley die Hand, um sie aus dem Sessel hochzuziehen. Einen Moment zögerte Miley, aber dann ergriff sie Maries Hand.

»Pass auf, Miley, das ist eine Falle«, sagte Franzi grinsend. »Sie braucht nur ein Opfer, an dem sie ihre Algenmasken testen kann. Ich war letzte Woche dran, und ich sag's dir: Das Zeug klebt wie Hölle.«

»Haha!« Marie streckte Franzi die Zunge raus. Kim musste lachen. Miley schaute lächelnd zwischen den drei Mädchen hin und her.

»Ich bin so froh, dass ich nicht mehr hier schlafen muss«, sagte sie. »Nachts ist es wirklich ganz schön gruselig.«

»Wenigstens hört der Hund von Baskerville jetzt auf zu spuken«, sagte Kim mit einem Schmunzeln.

»Wer?«, fragte Franzi verwirrt.
Leseratte Kim verdrehte nur seufzend die Augen: »Sherlock Holmes, Franzi. *Der Hund von Baskerville* ist eine Figur aus Sherlock Holmes.«

Marie, Miley und Franzi waren schon vorausgegangen. Kim hatte es für schlauer gehalten, Wilhelms allein mit dem alten Foto zu konfrontieren. Um potenzielle Verdächtige nicht zu verschrecken, tauchte man zu einer Befragung besser nicht in Überzahl auf. Als Kim die Bühne betrat, saß Wilhelms am Rand und ließ die Beine baumeln. Er hatte ein Textbuch auf dem Schoß und ging offenbar gerade eine Szene durch, jedenfalls spielte er abwechselnd Peter und Wendy.
»Was, es gibt nur Jungs in Nimmerland?«, fragte Wilhelms gerade mit hoher Stimme als Wendy. »Ist das nicht schrecklich einsam?«
»Doch, doch«, antwortete er sich selbst als Peter Pan.
»Aber Mädchen sind viel zu schlau, um hier zu landen. Die fallen nicht einfach aus dem Kinderwagen und werden von den Elfen entführt.«
Kim räusperte sich: »Herr Wilhelms?«
Aber Wilhelms war gerade voll in Fahrt. »Aber du bist doch auch schlau, Peter«, säuselte er als Wendy. »Und so schön. Dein Haar vor allem.« Wilhelms fuhr sich durch das Haar.
»Oh, findest du, Wendy?«
In diesem Moment entdeckte er Kim und sprang ertappt auf die Füße.
»Kim! Hast du mich aber erschreckt, was schleichst du dich denn so an?« Kim schlenderte langsam auf Wilhelms zu, der irritiert die Stirn runzelte. »Kann ich dir irgendwie helfen, Kim?«, fragte er.
Kim blieb stehen, die Arme auf dem Rücken verschränkt, und tat so, als müsse sie einen Moment nachdenken. Mit gerunzelter Stirn schaute sie nach oben zum Schnürboden über der Bühne, an dem Wolken aus Pappe und andere Kulissenteile befestigt waren. »Hm. Ich weiß nicht. Ja! Vielleicht können Sie das«, sagte sie dann und zog ruckartig

das alte Foto hinter dem Rücken hervor. »Vielleicht können Sie mir ja sagen, wer das hier auf dem Foto ist?« Wilhelms nahm ihr das Foto zögernd ab. »Das sieht nämlich aus wie Sie«, fuhr Kim gespielt unschuldig fort. »Was aber nicht sein kann, weil sie ja angeblich noch nie hier im Theater waren, oder?«

Wilhelms starrte lange auf das Foto, dann schloss er die Augen. Kim wusste: Sie hatte ihn erwischt. Jetzt musste er Rede und Antwort stehen.

»Der Mann, den du hier auf dem Foto siehst«, sagte Wilhelms schließlich und entfernte sich ein paar Schritte von ihr. »Das bin nicht ich. Vielleicht ist es die gleiche Hülle, keinen Tag gealtert, optisch.«

Kim zog die Augenbrauen hoch: Lobte Wilhelms gerade sein eigenes jugendliches Aussehen?

»Aber im Herzen bin ich ein anderer«, fuhr Wilhelms fort. »Schlau, wie du bist, wirst du auch wissen, dass es in diesem Theater vor 15 Jahren gebrannt hat.« Kim nickte, als Wilhelms sich ruckartig zu ihr umdrehte. Waren es Tränen, die in seinen Augenwinkeln glitzerten? »Ich war dort, Kim«, sagte er mit brüchiger Stimme. »Ich war dort. Ich bin dem Inferno entkommen, aber ein guter Freund und Kollege von mir … nicht. Er war ein toller Schauspieler. Es gibt keinen Zweiten wie ihn. Manchmal frage ich mich, was noch alles aus ihm hätte werden können …« Wilhelms verstummte und starrte auf seine Hände, die sich zu krampfhaften Fäusten ballten. Offenbar tat es ihm weh, sich zu erinnern. Er schloss die Augen und schüttelte heftig den Kopf. »Ich wollte das alles vergessen, Kim, nie wieder hierherkommen. Aber dann hat sich diese Gelegenheit aufgetan. Und wenn ich euch Kinder auf der Bühne sehe, dann glaube ich an zweite Chancen. Ich hoffe, dass wir das alle zusammen schaffen werden.«

Er sah Kim an, seine Augen waren offen und ehrlich. Er hatte ihr sein Herz ausgeschüttet, und sie konnte nicht anders, als ihm zu glauben.

Eisschokolade und Sternenhimmel

Marie stieß die Tür auf und breitete die Arme aus. »Willkommen im Hause Grevenbroich!«, sagte sie dramatisch. Erst in der Mitte des Wohnzimmers merkte sie, dass Miley stehen geblieben war und sich staunend umsah. Marie erinnerte sich, dass es nicht für jeden selbstverständlich war, in einer solchen Wohnung zu leben. Das Penthouse war luxuriös und weiträumig, hatte mehr Zimmer, als Marie und ihr Vater zum Leben brauchten, und sogar einen beheizbaren Pool auf der Terrasse. Marie wurde fast ein bisschen verlegen, als sie Mileys staunende Augen sah. »Komm mit, ich führe euch ein bisschen herum. Aber pass auf Romeo auf, wir haben auch Teppiche und Vorhänge.« Marie zwinkerte Miley zu, die Romeo sicherheitshalber auf den Arm nahm.

»Soll ich uns eine Eisschokolade machen? Dann siehst du gleich schon mal die Küche.« Miley folgte Marie durch eine Art Torbogen in eine große Wohnküche, die mit allen Gerätschaften ausgestattet war, die man sich nur vorstellen konnte. Alles blitzte.

»Alles so sauber!« Miley fuhr mit der Hand über den Marmorblock, auf dem Marie und ihr Vater immer das Gemüse hackten.

»Ja. Mein Papa kocht gern in seiner Freizeit. Und ein Koch hält seinen Arbeitsplatz immer sauber, sagt er. Ich wette, er macht uns heute

Abend seinen berühmten Auberginenauflauf.« Marie sah Miley an und schob ihr schwungvoll ein Glas mit Schokoladenmilch und Vanilleeis hinüber. »Ist echt lecker.«

»Benimm dich, Romeo!«, befahl Miley ihrem Hund und setzte ihn ab. Sie nahm das Glas und nuckelte am Strohhalm, während sie durch das helle Wohnzimmer mit seinen großen Fenstern ging und die Fotos an den Wänden betrachtete. »Dein Papa ist wirklich Kommissar Brockmeier.« Miley schüttelte fassungslos den Kopf. »Das ist so krass.«

Marie zuckte mit den Schultern und ließ sich mit ihrer Eisschokolade in einen bequemen Designersessel fallen. »Er ist ein ganz normaler Vater, glaub mir. Wenn ich meine Hausaufgaben nicht mache, flippt er aus.«

Miley musterte ein Foto von Helmut Grevenbroich in der Uniform, die er immer als Kommissar Brockmeier trug. »Meine Mutter ist ein Riesenfan der *Vorstadtwache*. Sie verpasst keine Folge ...« Miley stockte und senkte den Blick. Offenbar machte es sie traurig, über ihre Mutter zu reden. »Als ihr blöder Freund noch nicht bei uns gewohnt hat, haben wir das immer zusammen angeschaut. Nur wir zwei und Romeo und eine Extraportion Popcorn aus der Mikrowelle.«

Marie sah Miley mitleidig an. »Komm. Wir gehen in mein Zimmer und machen es uns gemütlich.«

Kurz darauf saßen Marie und Miley auf Maries Bett. Miley streichelte gedankenverloren Romeo, der an einem alten Tigerpantoffel von Marie herumkaute. Marie musste Miley nicht fragen: Sie sah ihr an, dass sie an ihre Mutter dachte. »Willst du sie nicht doch anrufen? Nur um ihr zu sagen, dass es dir gut geht?«, fragte sie behutsam.

Miley schüttelte nur den Kopf. »Das geht nicht. Sie hält sowieso immer zu ihm. Aber ich vermisse sie trotzdem.«

Marie nickte nachdenklich. »Das verstehe ich. Ich vermisse meine Mutter auch.«

»Ist deine Mutter auch so perfekt wie dein Vater?«, fragte Miley scherzhaft.
Marie schaute auf ihre Fingernägel, plötzlich ernst. »Sie war perfekt«, sagte sie leise.
Miley schluckte. Sie hatte aus Maries Worten verstanden, dass Maries Mutter nicht mehr lebte. Marie zog ein Medaillon unter ihrem T-Shirt hervor und öffnete es: Darin war das Foto einer hübschen Frau. Ihrer Mutter.
»Oh!« Miley rückte ein wenig an Marie heran. »Das tut mir leid.«
Marie schüttelte den Kopf und zwang sich zu einem tapferen Lächeln. »Sie ist gestorben, als ich noch ganz klein war. Manchmal habe ich Angst, dass ich sie vergesse, weißt du? Ich würde alles dafür geben, noch einmal mit ihr sprechen zu können.«
Miley sah Marie eine Weile an, dann betrachtete sie Romeo, der gerade an der Bettdecke schnüffelte und sich wohl überlegte, sie anzuknabbern. »Untersteh dich Romeo!«, sagte Marie lächelnd. »Warte lieber auf den Auberginenauflauf.«
Miley sah Marie an. »Vielleicht sollte ich meine Mutter wirklich anrufen«, platzte es plötzlich aus ihr heraus. »Nur um ihr zu erklären, warum ich nicht mehr nach Hause kann.«
Marie nickte, die Augen auf das Foto in ihrem Amulett gerichtet. Eine Weile schwiegen die Mädchen.
Erst eine tiefe Stimme riss sie aus ihren Gedanken. »Marie? Hallo, bist du da?« Es war die Stimme von Helmut Grevenbroich, der gerade über die Terrasse zu Maries Zimmer gelaufen kam.
»Papa! Du bist schon hier?« Marie sprang auf und lief Helmut Grevenbroich entgegen. Er trug einen Anzug und umarmte seine Tochter liebevoll. Marie sah strahlend zu ihm hoch: »Papa, das ist Miley aus meiner Theatergruppe. Darf sie eine Weile bei uns übernachten?«

Helmut gab Marie einen Kuss auf den Kopf und sah dann zu Miley hinüber, deren Kinnlade herunterklappte. »Klar, wir haben genug Platz. Hi!« Er winkte Miley zu.
Sie hob mechanisch wie ein Roboter die Hand: »Hallo, Herr Kommissar!«, sagte sie tonlos. Marie kicherte. Miley war angesichts des berühmten Fernsehstars in eine Starre der Bewunderung verfallen.
»Du kannst gern Helmut sagen«, sagte Maries Vater lächelnd.
»Okay.« Miley war immer noch wie erstarrt.
Helmut, der solche Reaktionen gewohnt war, schüttelte lächelnd den Kopf und wandte sich dann an seine Tochter. »Marie, ich sag's dir nur ungern, aber: Du hast nur noch zwei Stunden, um dich zu stylen.«
Marie starrte ihn einen Moment verständnislos an. Dann fiel es ihr wieder ein und sie schlug sie die Hand vor die Stirn: »Oh nein, das hatte ich total vergessen.« Sie fuhr zu Miley herum. »Heute ist eine Spendengala für das alte Theater. Mein Vater und ich gehen hin und du kommst auch mit!«
Marie strahlte Miley an. Miley schluckte: »Ich? Aber sind auf der Gala nicht überall Kameras? Ich will nicht, dass mich jemand erkennt. Außerdem habe ich nichts anzuziehen. Romeo kann ich auch nicht allein lassen, der zerlegt euch die Bude.«
Marie runzelte einen Moment die Stirn. Sie musterte Miley eindringlich. Dann breitete sich ein Grinsen auf ihrem Gesicht aus und sie sagte: »Vertrau mir, Miley. Ich habe da so eine Idee.«

Während Marie und Miley eine kleine Modenschau auf der Terrasse veranstalteten, skatete Franzi Winkler nur wenige Kilometer weiter nördlich über eine Betonrampe. Sie versuchte sich an einem bestimmten Trick, den sie bei den anderen Skatern im Park gesehen hatte. Leider war er gar nicht so einfach. Franzi fiel immer wieder von ihrem Board und musste von vorn anfangen. Als es ihr endlich gelang, jubel-

te sie leise. Na gut, perfekt war es nicht gewesen, aber immerhin ein Anfang. »Aber zum Glück sieht mich hier ja keiner«, sagte Franzi leise zu sich.
»Guter Move«, sagte eine Stimme in ihrem Rücken. Franzi erstarrte und schloss gepeinigt die Augen. Das durfte einfach nicht wahr sein! Sie drehte sich langsam um und öffnete die Augen wieder. Da saß er wirklich in Lebensgröße vor ihr: Jimmy Schmitt. Sie hatte sich also nicht verhört. Jimmy ließ die Beine von der Rampe baumeln und zeigte mit einem anerkennenden Nicken auf Franzis Board, das sie verlegen hochflippte. »Echt. Ich habe ewig gebraucht, bis ich den draufhatte.«
»Wie lange sitzt du schon da?« Franzi kam auf ihn zu. Er sah wieder einmal extrem gut aus, wie er da so im letzten Licht der Abendsonne auf der Betonrampe saß und sie angrinste.
»Lange genug, um zu sehen, dass du echt was draufhast«, antwortete er auf ihre Frage.

»Echt? Na ja, geht so.« Franzi strich sich verlegen die Haare glatt und merkte dabei, dass ihre Zöpfe sich aus den Gummis gelöst hatten. Schnell zog sie die Gummis heraus und machte sich die Haare neu.
Jimmy sah ihr dabei zu. »Doch, du kannst echt ein paar gute Tricks«, sagte er. »Ich wollte nachher noch zum Skaterpark. Flutlichtfahren. Kommst du mit?«
Franzi hielt inne, ein paar lose Haarsträhnen um ihre Handfläche gewickelt. Das wäre ein Traum, dachte sie. Ein echter Traum. »Nee«, nuschelte sie stattdessen durch das grüne Zopfgummi, das sie zwischen ihren Zähnen hielt. Sie nahm es heraus und band es um ihren linken Zopf. »So spät darf ich leider nicht mehr weg. Meine Eltern erlauben das nicht.« Sie hob verlegen die Schultern.
Jimmy lächelte. »Verstehe ich. Mein Onkel ist auch manchmal streng bei so was. Aber wir wohnen ganz in der Nähe der Anlage, deshalb ist es okay.«
Franzi nickte, während sie sich den zweiten Zopf machte. Jimmy lebte also bei seinem Onkel.
»Tja«, sagte sie und sah in den sommerlichen Abendhimmel, an dem keine Wolke zu sehen war. Nur ein paar Vögel zogen darüber hinweg. »Ich glaube, ich habe noch eine gute Stunde, dann muss ich daheim sein.« Sie setzte sich neben Jimmy und zog die Knie an.
»Aber stell ich mir schön vor, dieses Flutlichtfahren. Bei Nacht unterm Sternenhimmel zu skaten …« Franzi unterbrach sich und musste lachen: »Oh Mann, wie kitschig! Jetzt höre ich mich schon an wie Kim!«
Aber Jimmy lachte nicht. Stattdessen sah er sie geheimnisvoll an: »Willst du mal was sehen?«

Als sie kurz darauf die Treppen zum alten Theater hochliefen, fragte Franzi sich, ob sie einen Fehler gemacht hatte. Es war dunkel, Mücken stachen sie in die Arme. »Was machen wir denn hier?«, fragte sie.

»Psst! Halt mal!« Jimmy reichte ihr ein Klappfeuerzeug, auf dem ein Totenkopfsticker klebte. Sie ließ es aufschnappen und leuchtete ihm, während er die Tür aufschloss.
»Du hast einen Schlüssel?« fragte sie leise. »Klar, ich mache doch das Bühnenbild.« Er stieß die Tür auf und winkte ihr, ihm zu folgen. Franzi zögerte, dann trat sie in die Dunkelheit. »Okay, hier lang.« Jimmy ging vor ihr her in den Zuschauersaal, der leer und dunkel vor ihnen lag. Nichts rührte sich. Jimmy lief die Treppe hinunter und sprang schwungvoll auf die Bühne, sein Skateboard immer noch unter dem Arm. Er streckte Franzi die Hand hin. Sie nahm sie und ließ sich von ihm auf die Bühne ziehen. Dann nahm er sie bei den Schultern und sah ihr tief in die Augen: »Okay, bleib genau hier stehen. Rühr dich nicht vom Fleck.« Jimmy ließ Franzi stehen und verschwand Richtung Kulissen. »Genau da stehen bleiben«, sagte er noch einmal mit erhobenem Finger, dann war er verschwunden.

Es wurde totenstill. Franzi glaubte, das alte Theater um sich herum atmen zu hören. Sie stand in der Mitte des leeren Zuschauersaales wie im Bauch eines Ungetüms. Staub tanzte im schummrigen Licht. Franzi war normalerweise nicht leicht zu erschrecken – das war eher Kims Part. Aber hier allein herumzustehen und nicht zu wissen, was passieren würde, verursachte doch ein flaues Gefühl in ihrem Magen. Franzis Herz begann zu klopfen. Wer war Jimmy überhaupt? Konnte sie ihm trauen? Konnte es sein, dass er sie in eine Falle gelockt hatte? Franzi räusperte sich leise. »Jimmy? Was wolltest du mir denn jetzt zeigen? Jimmy?« Keine Antwort. Franzi schlang die Arme um den Körper. »Jimmy, ich zähle jetzt bis zehn. Wenn du dann immer noch nicht da bist, gehe ich nach Hause. Eins, zwei, drei, vier …« Irgendwo knackte es. Franzi zuckte leicht zusammen und zählte schneller. »… fünf, sechs, sieben, acht, neun, zehn. Okay, ich bin weg!«
Franzi drehte sich gerade um, als plötzlich ein Scheinwerfer anging und zauberhafte Lichtpunkte über die Bühne tanzen ließ. Franzi legte den Kopf in den Nacken und sah sich staunend um. »Ein Sternenhimmel«, flüsterte sie leise und musste lächeln. Die Lichtflecken flackerten tatsächlich wie Sterne über die schwarzen Wände.
»Es sind zwar keine *richtigen* Sterne«, sagte Jimmy, der aus den Kulissen auf sie zukam, »aber für irgendwas muss es ja gut sein, dass ich den Schlüssel habe.«
Franzi grinste. Jimmy zog sie in seine Arme und tanzte langsam mit ihr über die Bühne. Franzi legte glücklich lächelnd den Kopf in den Nacken, schloss die Augen und öffnete sie wieder. Nein, es war kein Traum: Über ihr tanzten die magischen Lichtpunkte, und sie hatte das Gefühl, in einem Sternennebel geradewegs durch das Universum zu fliegen.

Kims Entdeckung

Kim war der Verzweiflung nahe. Heute Abend ließen ihre Haare sich einfach nicht in Form bringen. Wie eine strubbelige Bürste saßen sie auf ihrem Kopf. Dabei stand Michi bereits unten im Flur, um sie abzuholen. Ihre Mutter hatte schon dreimal nach ihr gerufen. Kim stöhnte auf. Warum sah bei Marie jedes Styling immer so elegant aus? Und warum war sie jetzt nicht hier, um Kim mit ihren Haaren zu helfen? Kim blies die Luft durch die Backen aus. Plötzlich hatte sie eine Idee: Anstatt ihre Haare wie jeden Tag zu einem einfachen kleinen Zopf zu binden, drehte sie sie zu einem halben Dutt zusammen. Es sah gut aus. Kim grinste sich zufrieden im Spiegel an. Ihr Kleid, orangerot und mit Pailletten bestickt, sah auch toll aus mit der hellen Jeansjacke. Es war ein Geburtstagsgeschenk von Marie gewesen für »besondere Anlässe«. Wie romantische Dates zum Beispiel ... Kim war schon gespannt, was Michi zu ihrem Outfit sagen würde.
»Kim!«, rief ihre Mutter schon wieder von unten hoch. Sie hörte sich nun wirklich ungeduldig an.
»Okay, Kim. Los geht's!«, sagte Kim zu ihrem Spiegelbild. Sie musterte sich noch einmal prüfend, dann trat sie in den Flur auf den oberen Treppenabsatz.

Michi stand unten neben der Haustür, in einem Anzug und mit einem kleinen Blumenstrauß in der Hand. Als er Kim sah, klappte ihm die Kinnlade hinunter. Genau so hatte Kim es sich ausgemalt. Diese Szene war wie aus einem Liebesfilm: einfach perfekt. Geziert legte Kim ihre Hand auf das Treppengeländer und schwebte langsam die Stufen hinab. Engelschöre sangen in ihren Ohren, als sie, endlich unten angelangt, Michis Hand in ihre nahm und tief in seine Augen blickte.

Doch plötzlich wurde es schwarz um sie. Nicht, weil sie vor lauter Romantik in Ohnmacht gefallen war, oh nein: Ihre Mutter hatte ihr eine Wollmütze über den Kopf gestülpt. Eine Wollmütze, im Sommer!

»Mama!«, rief Kim wütend durch den muffigen Stoff.

»Es kann schon sehr frisch sein um diese Uhrzeit, Kim«, gab Frau Jülich ungerührt zurück. »Ihr fahrt ja mit dem Fahrrad schon ein Stück. Nicht, dass du dich erkältest und nicht mehr zum Mathecamp gehen kannst.«

»Mathecamp? Welches Mathecamp?«, fragte Michi verwirrt.

Frau Jülich verengte die Augen zu misstrauischen Schlitzen.

Kim schob ihre Wollmütze hoch und schoss Michi einen warnenden Blick zu. »Das Mathecamp, in dem ich heute den ganzen Tag gelernt habe. Puh, so was von anstrengend. Brüche und so. Wir gehen jetzt. Tschüss, Mama, bis später!« Kim packte Michis Hand und zog ihn hinter sich her zur Tür, bevor er noch mehr Unheil anrichten konnte. Natürlich ließ ihre Mutter es sich nicht nehmen, sie noch einmal aufzuhalten und ihr einen dicken Mantel umzulegen. »Mama, es ist Sommer! Ein warmer Sommerabend.«

»Ich weiß. Ich hoffe, du hast deine langen Unterhosen an«, war Frau Jülichs trockene Antwort darauf.

Kim konnte es nicht fassen. Sie hatte so viel Arbeit in ihr Outfit gesteckt. Nun war es ruiniert. Eingemummelt wie ein grimmiges Inuit-

Mädchen stapfte sie neben Michi her zum Gartentor, während ihre Mutter hinter ihnen in der hell erleuchteten Tür stand und fröhlich winkte.
Michi, dem Kims Ärger nicht entgangen war, nahm liebevoll ihre Hand. »Du siehst toll aus«, flüsterte er in ihr Ohr.
Kim wurde warm ums Herz. Michi war einfach der Beste, so verplant er auch manchmal war. Er hatte sogar einen Anzug für sie angezogen und sah wirklich gut darin aus. Wie ein echter Gentleman.
»Danke«, wisperte sie und hielt dann abrupt inne. »Michi, was ist das denn?« Vor dem Gartentor stand ein merkwürdiges Gefährt, das aussah, als wäre es aus mehreren Fahrrädern zusammengeschraubt worden. Was vermutlich auch der Fall war. Michi war schließlich ein begnadeter Bastler.
»Eine Rikscha«, sagte er und breitete stolz die Arme aus. »Ich dachte, das wäre ganz schön, bis ich genug Geld für ein richtiges Mofa gespart habe.«

Kim wusste nur zu gut, dass Michi für ein Mofa sparte. Deshalb arbeitete er ja fast jeden Abend in der Hafenkneipe. Sie fuhr mit der Hand über den weichen Sitz aus Kunstfell, der hinter dem Sattel angebracht war.
»Da sitzt du«, sagte Michi und reichte ihr die Hand. Wieder wie ein echter Gentleman.
Kim nahm sie geziert: »Heißt das etwa, ich muss nicht treten?«, fragte sie, als sie sich auf dem weichen Polster niederließ. Michi nickte, und Kim, die keine Freundin sportlicher Betätigungen war, schmolz dahin. »Ach, Michi, ich liebe dich!« Wieder sangen Engelschöre in Kims Ohren, als sie kurze Zeit später von Michi im Licht der Abenddämmerung durch die Stadt kutschiert wurde. Sie hatte ihre Arme von hinten um ihn geschlungen, ihren Kopf an seinen Rücken gelehnt. Alles war so unglaublich romantisch: Von außen mussten sie wie ein verliebtes Paar wirken, das am Ufer der Seine durch Paris radelte, die Stadt der Liebe. Der Abend, das wusste Kim nun, würde einfach nur perfekt werden. Bestimmt hatte Michi einen Tisch für zwei in einem schnuckeligen Bistro reserviert. Bei Kerzenschein und einem Glas Limonade würden sie sich tief in die Augen sehen und ...
»Okay, wir sind fast da«, rief Michi über die Schulter und riss Kim damit aus ihrem süßen Tagtraum. »Mach die Augen zu, es soll eine Überraschung werden!«
Kim schloss gehorsam die Augen. Michi hatte sich ja wirklich einiges für sie überlegt. Sie nahm seine Hand, ließ sich vom Fahrrad helfen und ein Stück über holpriges Pflaster führen. Sehr holpriges Pflaster. Wahrscheinlich Kopfsteinpflaster, dachte Kim. Etwas plätscherte.
»Oh! Ist das ein Springbrunnen?«, fragte Kim und kicherte erfreut.
»Öhm, nicht direkt«, kam Michis irritierte Antwort. »Nicht gucken, ja?« Er legte ihr von hinten die Hände über die Augen und schob sie noch ein Stückchen weiter. »Warte, warte, warte ... jetzt!«

Michi nahm seine Hände weg, Kim wappnete sich für den romantischsten Anblick ihres Lebens, öffnete die Augen – und erstarrte. Die Engelschöre in ihren Ohren hörten sich plötzlich reichlich schief an, dann verstummten sie ganz. Stattdessen kreischten Möwen: Kim stand vor der Hafenkneipe *Zum singenden Hummer*, der speckigsten, schummrigsten Spelunke in der ganzen Stadt, die direkt am Flussufer lag. Ein hölzernes Schild mit der Aufschrift »Zum singenden Hummer« klapperte in der leichten Sommerbrise gegen die Hauswand, Wasser schwappte an den Steg. Von wegen romantischer Springbrunnen! Das Bild vom französischen Bistro zerplatzte in Kims Vorstellung wie eine Seifenblase.

Als sie Michis erwartungsvolles Gesicht sah, schluckte sie schwer: Durfte sie ihn jetzt enttäuschen? Eher nicht. Sie zwang sich zu einem Lächeln. »Schön«, sagte sie tonlos.

Michi reichte ihr die Hand, und sie ließ sich durch die marode Schwingtür führen, als ginge es aufs Schafott. Na gut, *so* schlimm vielleicht nicht. Aber als ihr aus dem Inneren der Spelunke eine Mischung aus Fischgeruch und abgestandenem Mief entgegenschlug, wünschte sie sich trotzdem für einen Moment zurück in ihr Zimmer.

Die Hafenkneipe war dunkel und stickig. An den Wänden hingen alte Seekarten, präparierte Fischköpfe, flackernde Petroleumlampen und anderer Seemannskram. Ein großes Buddelschiff hing schaukelnd unter der Decke und eine Schiffsschraube diente als Ventilator. So hatte sie sich ihr Date nun wirklich nicht vorgestellt. Kim seufzte leise.

»Hast du etwas gesagt?«, wollte Michi wissen, der ihr eben aus dem Mantel half und ihn an einen Haken hängte, der die Form eines Schwertfisches hatte.

Kim wollte sich schon eine Ausrede ausdenken, als ein dicker Seebär in einem gestreiften T-Shirt hinter dem Tresen hervorgeeilt kam und Michi ablenkte.

»Michi!« Er trug eine blaue Seemannsmütze auf dem Kopf und ein schmutziges Geschirrtuch über der Schulter. »Michi Millbrandt! Heute mal in zivil und nicht als Pommestüte«, trompetete er.
Michi schien das nicht geplant zu haben. Er riss die Augen auf und warf dem Seebären einen Blick zu: »Spiel mit!«
Der dicke Seebär schaltete sofort und nahm die Haltung eines wohlerzogenen Butlers an.
»Wir haben reserviert, Hein. Einen Tisch für zwei, auf den Namen Millbrandt?«, fuhr Michi würdevoll fort.
»Jawohl! Wir haben unseren schönsten Tisch für Sie freigehalten!«, sagte Hein und buckelte wie ein Diener. »Wenn die Herrschaften mir bitte folgen wollen? Die Dame, der Herr?«
Kim runzelte die Stirn. Was war denn hier los? Warum tat Hein so, als befänden sie sich in einem teuren Sternerestaurant? Michi und Kim folgten Hein in die Tiefen der Spelunke, die ansonsten nur von zwielichtigen Gestalten besucht wurde. Ein paar von ihnen spielten Karten in einem Eck und schauten grimmig auf, als Kim an ihnen vorbeikam.
»Hi!« Sie hob verlegen die Hand und beeilte sich, schnell weiterzukommen. Diese Kerle waren wirklich unheimlich.
Kims Blick fiel auf einen kleinen Eckfernseher über dem Tresen. Darauf lief die Übertragung der Spendengala, die Marie heute mit ihrem Vater besuchte. Kim blieb stehen, da zufällig gerade Marie interviewt wurde. Neben ihr stand – Kim erhaschte nur einen kurzen Blick auf sie – Miley? Zumindest glaubte Kim, dass es Miley war. Offenbar hatte Marie Miley mit einer Perücke für die Veranstaltung getarnt. Aber nicht nur Miley war inkognito unterwegs. Auch Romeo, der in einer Handtasche an Mileys Arm saß, trug ebenfalls eine kleine Perücke. Kim prustete leise: Das sah wirklich witzig aus. So was konnte auch nur Marie einfallen. Trotzdem schien es Miley nicht geheuer zu sein, dass die Kamera auf sie gerichtet war. Sie wandte sich ab und ver-

schwand im Hintergrund, während Marie selbstbewusst ihr Interview gab: »Wir alle haben Träume«, sagte sie, »und das alte Theater ist ein magischer Ort, an dem diese Träume wahr werden können. Hier kann jedes Kind und jeder Jugendliche alles sein. Wer immer er auch ist. Wir hoffen, dass viele Leute zur Premiere kommen und unser Traum von der Wiedereröffnung wahr wird.« Marie richtete ihren Blick nun direkt in die Kamera: »Wir werden alles tun, damit dieses Stück stattfindet. Nichts und niemand kann uns aufhalten.« Eine deutliche Kampfansage an das Phantom. Kim musste lächeln. Eine echte Detektivin machte eben nie Pause.

»Kim!« Michi winkte Kim zu sich herüber und sie löste ihren Blick wieder vom Bildschirm. Heins »schönster Tisch« stand im letzten Eck und war dekoriert mit Muscheln, einem mickrigen Blumenstrauß und einer krummen Kerze, die auf das Wachstuch tropfte. Kim musste zugeben, dass der Tisch sogar ganz nett aussah. Hein schien sich Mühe mit der Dekoration gegeben zu haben. Aber es änderte nichts

an der Tatsache, dass diese Spelunke hier wirklich kein Ort für ein Date war.

»Die werte Dame?« Hein zog einen Stuhl für Kim zurück. Sie setzte sich zögernd.

Michi reichte ihr die laminierte Speisekarte über den Tisch. »Du kannst dir aussuchen, was du möchtest.«

»Okay …« Kims detektivisches Auge bemerke sofort die vielen fettigen Fingerabdrücke auf der Karte.

Michi sah sie über die schiefe Kerze hinweg lächelnd an. »Ich habe gehört, die Fischstäbchen sollen hier vorzüglich sein.«

In diesem Moment landete eine Schale mit salzigen Knabbereien mitten auf dem Tisch. »Kleiner Gruß aus der Küche«, sagte Hein knapp. Kim schaute zur Fritteuse hinter dem Tresen. Dort stand der Koch mit Haarnetz und grinste sie zahnlückig an. Kim sah schnell wieder weg.

»So!« Hein zückte einen Block. »Haben die Herrschaften schon gewählt?«

Kim sah noch einmal auf die Karte. Dann wendete sie die Karte und schielte zu Michi hinüber. Aber es blieb dabei. Es gab genau drei Gerichte: Pommes. Fischstäbchen. Und: Fischstäbchen mit Pommes. Marie und Franzi würden sich vermutlich kaputtlachen, wenn Kim ihnen davon erzählte. Aber Kim war gar nicht nach Lachen zumute. Immerhin war es *ihr* Date, das gerade den Bach runterging.
Kim räusperte sich. »Ähm. Einmal bitte die Nummer 3, Fischstäbchen … mit Pommes?«
Hein nickte bekräftigend: »Ausgezeichnete Wahl. Dazu empfehlen wir immer gerne ein Glas Cola.«
Kim nickte langsam. »Okay.« Langsam war ihr alles egal.
Michi legte seine Karte ebenfalls zur Seite. »Für mich das Gleiche.« Michi strahlte Kim an, die irritiert zurücklächelte. Michi schien nicht zu merken, wie seltsam das alles war. Er meinte das wirklich ernst! Kim griff nach den Knabbereien und sah zu Michi hinüber, dessen Augen im Kerzenlicht funkelten. Er freute sich sichtlich, mit ihr den Abend zu verbringen. Das wollte sie ihm nicht verderben. Sie zwang sich zu einem Lächeln und versuchte, die Gedanken an die finsteren Kartenspieler um sie herum zu verdrängen. »Stell dir einfach vor, es ist ein Bistro!«, redete sie sich innerlich ein. »Stell dir einfach vor, es ist Paris!«
Plötzlich zischte es: Hein war schon wieder da und hatte eine Flasche Cola geöffnet. Er schenkte, einen Arm auf dem Rücken, etwas Cola in Michis Glas. Michi schwenkte die Flüssigkeit ein wenig, nahm mit der Kennermiene eines Weinexperten einen Schluck … und nickte zufrieden. Hein nickte ebenfalls und füllte die beiden Gläser bis zum Rand. Kim sah ihm perplex dabei zu.
»Ist es nicht gemütlich hier?«, fragte Michi sie.
Kim konnte dem nur halbherzig zustimmen, aber sie nickte tapfer. »Total«, sagte sie, und wischte sich die von der Karte fettigen Finger an ihrem Kleid ab. »Ich kann es kaum erwarten, diese legendären Fischstäbchen zu probieren.« Sie lächelte gequält.

In der Fritteuse hinter ihr zischte es gefährlich, und zehn Minuten später hatte Kim ihre angekokelten Fischstäbchen auf dem Teller. Sie aßen schweigend. Gabel für Gabel schob Kim sich in den Mund, aber der Teller wurde nicht leerer. Jedenfalls fühlte es sich so an.
»Amüsierst du dich?«, schrie Michi schließlich über den Tisch. Er musste brüllen, weil Hein angefangen hatte, direkt neben dem Tisch Seemannslieder auf der Ziehharmonika zu spielen. Das war wohl seine Vorstellung von romantischer Tischmusik.
»Ja«, rief sie Michi über den Tisch zu, »aber vielleicht könnten wir uns besser unterhalten, wenn es nicht so laut wäre.«
Michi nickte, er hatte den Wink verstanden. Er tupfte sich den Mund mit seiner Serviette ab und wandte sich an Hein. »Hein, du kannst jetzt aufhören.«
»Was?«, rief Hein und spielte einfach weiter.
»Du – kannst – aufhören!«, rief Michi, noch ein gutes Stück lauter.
Hein hielt von einer Sekunde auf die andere inne und starrte Michi beleidigt an. »Na gut. Wenn der feine Herr wünscht. Aber mit der Gage gehe ich nicht runter. Ich habe ein paar gute andere Angebote für dich abgesagt, Michi!« Hein stand ruckartig auf und stieß dabei aus Versehen Kims Glas mit dem Ellenbogen um. Die Cola lief über den Tisch und tropfte auf Kims Kleid. Unglücklich starrte sie auf den Fleck, der sich auf dem Stoff ausbreitete.
»Mensch, Hein, pass doch auf!« Michi sprang auf und versuchte, Kims besudeltes Kleid mit seiner Serviette abzuwischen, was natürlich alles noch viel schlimmer machte. Kim musste ein wenig lächeln. Michis Bemühungen waren wirklich süß. Auch wenn es schade um das ruinierte Kleid war.
»Tut mir leid.« Hein kratzte sich verlegen unter seiner Seemannsmütze.
»Ist nicht so schlimm«, sagte Kim, schob Michi sanft beiseite und ihren Stuhl zurück. »Ich gehe kurz auf die Toilette und mache mich

frisch.« Sie drehte sich auf dem Absatz um und floh durch eine knarrende Schwingtür in einen kleinen Vorraum. Sie lehnte sich an die Wand und atmete erst mal tief durch. Dieses Date hatte sie sich irgendwie romantischer vorgestellt. Jetzt war auch noch ihr Kleid mit Cola bekleckert. Ihre Mutter würde ausflippen. Ob sie den Fleck mit ein bisschen Seife rausbekam? Kim wollte gar nicht wissen, wie die Toilettenräume der Hafenkneipe von innen aussahen. Vermutlich schwammen lebendige Fische in der Kloschüssel herum.

Aber es half ja nichts. Kim streckte gerade die Hand nach der Türklinke aus, als eine wohlbekannte Melodie an ihr Ohr drang. Kim erstarrte mitten in der Bewegung und drehte sich langsam auf dem Absatz um. Sie lauschte. Es bestand kein Zweifel: Was sie da hörte, war der Anfang vom *Lied der Träume*: »*Hast geträumt, du fliegst. Frei ohne Angst. Hast dir gesagt, ich weiß, dass ich es kann ...*« Es schien aus einem Nebenraum zu kommen, der nur durch einen Vorhang vom Rest der Kneipe getrennt war.

Kim schlich zum Türrahmen und lugte vorsichtig um die Ecke in den schummrigen Raum. Zuerst sah sie nichts als eine Wolke aus dichtem Zigarrenrauch, aus dem sich bei näherer Betrachtung die kantigen Umrisse eines älteren Mannes schälten. Er saß über ein altersschwaches Klavier gebeugt und klimperte mit einer Hand auf den Tasten herum: Das *Lied der Träume* aus *Peter Pan*. Auf dem Klavier flackerten zur Hälfte heruntergebrannte Kerzen, die die Szenerie in ein unheimliches Licht tauchten. Kim schluckte. War sie hier in einen Gruselfilm geraten? Wer war der mysteriöse Kerl, und warum spielte er gerade *dieses* Lied? Kim spähte um den Vorhang herum und erhaschte einen Blick auf das Profil des Mannes, das ihr irgendwie bekannt vorkam. Plötzlich fuhr der Mann herum. Kim wich einen Schritt zurück. Hatte er sie gesehen? Einen Moment schien es so, aber dann stellte Kim fest, dass er nicht *sie* ansah, sondern jemand anderen. Jemanden, der gerade durch eine windschiefe Hintertür in den Raum getreten war.

»Du wolltest doch nicht mehr trinken«, sagte dieser Jemand.
Kim traute ihren Ohren nicht: Es war Jimmy. Mit energischen Schritten ging er auf den Mann zu und wollte ihm das Glas wegnehmen, das dieser gerade zum Mund führte. Darin schwappte eine bräunliche Flüssigkeit. Kim tippte auf Whiskey, ohne sich ganz sicher zu sein. Sie erinnerte sich, eine Flasche über Heins Tresen gesehen zu haben.
»Und *du* wolltest längst hier sein«, knurrte der Mann und schob Jimmys Hand weg. Er kippte das Glas schnell runter und drehte sich dabei so ins Licht, dass Kim sein Gesicht vollständig sehen konnte. Sie zuckte zusammen: Bei dem Mann am Klavier handelte es sich um den geheimnisvollen alten Kauz, der sie an ihrem ersten Tag im alten Theater zwischen den Bäumen hervor beobachtet hatte. Jetzt sah sie auch seine andere Hand, die mit dem roten Narbengewebe überzogen war. Was hatte der Kerl mit Jimmy zu tun?
»Sorry, ging nicht schneller.« Jimmy zog einen Stuhl heran und setzte sich neben den alten Kauz.
»Ich weiß genau, wo du warst«, grollte dieser und deutete mit zitterndem Zeigefinger auf Jimmy. »Du warst wieder in diesem verfluchten Theater.«
Kim hielt den Atem an und spitzte die Ohren. Das könnte interessant werden, dachte sie.
Jimmy fuhr sich genervt durchs Haar und warf dem Alten einen kurzen Blick zu. »Hast du mir etwa wieder nachspioniert?«
»Jimmy, ich muss mich bei der Sache auf dich verlassen können«, sagte der Kauz eindringlich. »Das ist alles kein Spaß, und das weißt du genau.«
Von welcher »Sache« sprach er? Kim kniff misstrauisch die Augen zusammen. Was heckten die beiden aus? Konnte es sein, dass dies der geheime Treffpunkt des Phantoms war? Oder waren es in Wirklichkeit … *zwei* Phantome?

In diesem Moment seufzte Jimmy schwer auf: »Meinst du, ich mache diesen blöden Kinderkram gerne? Ich habe doch keine andere Wahl.« Kim schnappte nach Luft. Kinderkram? Vor ihr und den anderen tat Jimmy immer so, als hätte er *Spaß* am Theaterprojekt. Warum machte er dann überhaupt mit? Zwang ihn jemand dazu? Und wenn ja: Warum? Kim beobachtete, wie Jimmy dem alten Kauz einen besänftigenden Blick zuwarf.

»Ich verspreche es dir«, sagte er und sah ihm tief in die Augen. »Das nächste Mal bin ich wieder pünktlich.«

Der Mann nickte grimmig und tippte Jimmy mit seinem rechten Zeigefinger vor die Brust. An seinem Finger glitzerte ein klobiger Ring. Er war silbern und hatte die Form – Kim atmete erschrocken aus – eines Totenkopfes. Das Symbol des Phantoms. Konnte das Zufall sein?

»Das will ich auch hoffen«, antwortete der Mann gerade. »Das nächste Mal kommt es nämlich darauf an.« Er senkte die Stimme.

Kim fluchte innerlich: Sie musste unbedingt näher ran. Sie musste hören, was die beiden planten. Die Zunge zwischen den Zähnen beugte sie sich noch ein Stückchen vor. Im nächsten Moment bereute sie es zutiefst: Sie hatte vollkommen übersehen, dass im Türrahmen direkt über ihrem Kopf ein Brett mit einem singenden Hummer hing. Ausgelöst durch ihre Bewegung, schmetterte das Plastiktier plötzlich ein Lied in die gedämpfte Stille. In Kims Kopf schrillten tausend Alarmglocken, als Jimmy und der alte Kauz herumfuhren und in ihre Richtung sahen. Heftig atmend presste sie sich neben dem Türrahmen flach an die Wand und hoffte, dass die beiden nicht kommen und nachsehen würden. Sie kniff die Augen zusammen und hielt die Luft an. Dann sackte ihr das Herz in die Hose. Schritte. Schwere Schritte kamen entschlossen direkt auf ihr Versteck zu.

Kim krallte die Finger in den Stoff ihres Kleides. Was würden die beiden machen, wenn sie sie hier fanden? Wenn sie erkannten, dass sie alles gehört hatte? Die Schritte waren schon ganz nah und verharrten dann direkt im Türrahmen. Einen Moment war es, als hielten alle zugleich den Atem an: Jimmy, der alte Kauz und Kim. Es war so still, dass Kim schon befürchtete, man könne ihr Herz klopfen hören. Dann kam endlich die Erleichterung: »Hier ist niemand. War nur einer von diesen verfluchten Hummern«, murmelte der alte Kauz und zog sich wieder zurück. »Wahrscheinlich hat ihn jemand auf dem Weg zur Toilette ausgelöst.«

Kim schloss die Augen. Sie atmete noch dreimal tief durch – eine Entspannungstechnik, die ihr Marie für solche Momente beigebracht hatte – und spähte dann wieder um den Vorhang herum in den Nebenraum. Doch zu ihrer Enttäuschung war er nun leer, die Kerzen ausgeblasen. Es war totenstill. Nur die Hintertür klapperte leise im Wind.

Detektivtagebuch von Kim Jülich
Freitag, 22 Uhr

Jimmy Schmitt, was hast du zu verbergen?

Nachdem Jimmy und der andere Mann sich klammheimlich aus dem Staub gemacht hatten, habe ich sofort Hein befragt. Ich war so aufgeregt, dass ich für einen Moment gar nicht mehr an das Date dachte ... Hein hat mir erzählt, dass der alte Mann Klaus heißt und seit ein paar Jahren Stammgast bei ihm ist. Wenn er kommt, setzt er sich immer ins Hinterzimmer und spielt das *Lied der Träume.* Als ich Hein erzählt habe, dass das Lied aus unserem Stück stammt, hat er sich überhaupt nicht gewundert.

»Klar!«, hat er gesagt, »Klaus war ja früher Schauspieler im alten Theater!«

Er hat mir außerdem erzählt, dass Klaus im Gefängnis war und anscheinend etwas wirr im Kopf ist. Was genau

er getan hat, wollte oder konnte Hein mir nicht sagen. Trotzdem haben wir nun eine neue Spur, der wir unbedingt nachgehen müssen. Da Detektivinnen immer im Dienst sind, musste ich deshalb unser Date vor dem Dessert abbrechen, was sowohl mir als auch Michi leidgetan hat.
Michi war sehr enttäuscht, auch wenn er versucht hat, es zu überspielen. Ich weiß, dass er manchmal darunter leidet, wenn ich Zeit in einen Fall investieren muss und unsere Beziehung dadurch zu kurz kommt. Ich hoffe, ich kann es bald wiedergutmachen. Vielleicht backe ich ihm nächstes Wochenende ein paar Schokomuffins?
Morgen werden wir erst einmal Kommissar Peters einen Besuch abstatten, um herauszufinden, was dieser Klaus verbrochen hat. Franzi ist gar nicht begeistert, dass nun ausgerechnet Jimmy auf die Liste der Verdächtigen gerutscht ist. Sie scheint sich wirklich in ihn verliebt zu haben. Aber bevor wir ihn nicht hundertprozentig ausschließen können, müssen wir leider mit dem Schlimmsten rechnen. Franzi meint zwar, dass Kommissar Peters uns sowieso nichts sagen wird. Immerhin ist er immer sauer, wenn wir uns in gefährliche Fälle einmischen. Aber Marie hat nur gegrinst und gesagt, dass sie auch gar nicht vorhabe, Kommissar Peters zu fragen … Was sie damit gemeint hat? Keine Ahnung! Ich glaube, ich werde mich morgen mal wieder von Marie Grevenbroich überraschen lassen.

Undercovereinsatz

Der Asphalt glühte in der Sommerhitze, als Marie selbstbewussten Schrittes und eine große Sonnenbrille auf der Nase auf das Polizeirevier zuging. Sie stieß die Glastür auf, zwinkerte der Dame hinter dem Empfang zu, die die drei !!! natürlich schon kannte, und marschierte durch einen schattigen Gang zu Kommissar Peters' Büro. Sie schob vorsichtig die Tür auf und steckte ihren Kopf hindurch. Kommissar Peters saß an seinem Schreibtisch und spielte offenbar gerade gedankenverloren mit ein paar Plastikfiguren. Marie sah belustigt zu, wie er einen Löwen und eine Katze miteinander kämpfen ließ. Langsam kam sie auf ihn zu.
»Kommissar Peters?«
Kommissar Peters zuckte ertappt zusammen und wischte die beiden Plastiktiere schnell mit dem Arm zur Seite. »Marie! Was gibt's denn? Ich bin gerade sehr beschäftigt«, rief er etwas zu laut und zog ein paar Akten zu sich heran.
Darauf fiel Marie nicht herein. Es war einfach zu offensichtlich, dass Kommissar Peters gerade Mittagspause machte. Offenbar war es ihm peinlich, dass sie ihn mit den Tieren erwischt hatte.
Marie grinste und ließ ihren Blick über die vielen Musicalposter gleiten, die über Peters' Aktenschrank an der Wand hingen. Er schien

wirklich ein großer Fan zu sein. Maries Plan würde also funktionieren. Sie stützte sich auf den Schreibtisch auf und lächelte Kommissar Peters charmant an.

»Und, was gibt's?«, fragte er noch einmal, seine Hände um eine Akte gelegt.

»Muss es denn immer einen Grund für einen Besuch geben?«, fragte Marie und schob ihre Sonnenbrille ins Haar zurück. »Ich habe Ferien und wollte meinem Lieblingskommissar nur mal Hallo sagen. Haben Sie einen Moment für mich?«

Kommissar Peters runzelte die Stirn und sah zum Fenster. Draußen flirrte die Sommerhitze. An der Decke drehte sich ein Ventilator.

»Das Gesetz macht eigentlich keine Pausen, Marie!«, sagte der Kommissar brüsk, nahm eine kleine Flasche von seinem Regal und fing an, einen Bonsaibaum mit Wasser zu besprühen. »Wo sind denn Winkler und Jülich heute? Ihr klebt doch sonst immer zusammen wie Kaugummi. Ihr habt doch nicht etwa«, Kommissar Peters drehte sich

misstrauisch zu Marie um, »einen neuen Fall, von dem ihr mir nichts erzählt habt?«

Marie lächelte engelsgleich. »Nein, dafür haben wir gar keine Zeit, Kommissar Peters. Wir machen doch bei diesem Theaterprojekt mit, erinnern Sie sich?«

Kommissar Peters zuckte zusammen. Für einen Moment trat ein merkwürdiger, verträumter Glanz in seine Augen, als wünschte auch er sich, bei diesem Projekt mitzumachen. Genau da wollte Marie ihn haben.

»Schön für euch«, murmelte Kommissar Peters und besprühte wieder seinen Bonsai mit Wasser. »Wirklich, ich freue mich für euch.«

Marie hörte den Neid aus seinen Worten. Sie hätte nie gedacht, dass sie eines Tages eine Schwäche bei Kommissar Peters feststellen würde. Aber diese würde sie nun schamlos ausnutzen. Mit nur fünf Worten warf sie ihren Köder aus.

»Eine Gesangsrolle ist noch frei«, flötete sie. »Was meinen Sie?«

Kommissar Peters erstarrte. Er stellte die Wasserflasche neben den Bonsai und drehte sich zu Marie um. Auf seinem Gesicht ein seliges Lächeln.

»Das muss aber unter uns bleiben, ja?«, sagte Kommissar Peters nervös, als Marie ihn durch den Gang nach draußen führte.

»Ja, Kommissar Peters, natürlich«, beruhigte Marie ihn. Die beiden liefen eine Treppe hoch, vorbei an einer zierlichen Person in einem Blaumann, die gerade die hohen Fenster sauber machte. Auf dem oberen Treppenabsatz drehte Marie sich noch einmal zu ihr um und zwinkerte ihr zu. Die Fensterputzerin zwinkerte zurück. Unter ihrer blauen Schirmmütze schauten zwei rote Zöpfe hervor: Es war Franzi, getarnt in einem Blaumann. Sie führte ihre grüne Walkie-Talkie-Uhr zum Mund und informierte Kim: »Kim, sie sind draußen! Go!«

Kim hatte nur auf dieses Signal gewartet. Während Marie Peters aus dem Büro lockte, hatte sie draußen auf einer Bank gewartet und zur

Tarnung in einer Zeitschrift gelesen. Sie wusste, dass ihr nicht viel Zeit blieb. Hastig schlich sie sich in Peters' Büro und machte sich daran, die Aktenschränke zu durchwühlen. Viele Anhaltspunkte hatte sie nicht: nur den Namen Jimmy Schmitt und die Information, dass dieser Klaus vor vielen Jahren im alten Theater aufgetreten war. In den Aktenschränken kam sie nicht weiter, also setzte sie sich vor den Computer und klickte sich durch die Programme. Auf gut Glück gab sie Jimmys Namen in das Suchfeld ein. Eine Seite baute sich auf und Kim klappte die Kinnlade herunter: Jimmy Schmitt hatte tatsächlich eine Akte bei der Polizei! Offenbar war er wegen Vandalismus festgenommen worden. Er hatte Graffiti auf mehrere alte Fabrikgebäude gesprüht und musste nun Sozialstunden ableisten. Das Theaterprojekt war seine Strafe. Kein Wunder, dass er keine Lust »auf diesen blöden Kinderkram« hatte.

»*Kim, beeil dich, Peters kommt zurück*!«, ertönte genau in diesem Moment Franzis Stimme über die Walkie-Talkie-Uhr.

»Gib mir eine Minute!« Kim schnappte sich die Maus und klickte auf »Drucken«.
»*Kim, du hast 'ne halbe! Er kommt!*« Franzis Stimme klang sehr nervös.
»Gleich!« Kim hampelte vor dem Drucker herum, der unfassbar langsam war. Gerade als der Drucker die Seiten ausgespuckt hatte, hörte Kim, wie die Türklinke heruntergedrückt wurde. Sie tauchte ab. Keine Sekunde zu früh: Kommissar Peters betrat den Raum. Er eilte an seinem Schreibtisch vorbei, unter dem Kim sich mit ihren Ausdrucken zusammengekauert hatte, zog einen Kamm hervor und richtete vor einem kleinen Wandspiegel sein Haar. »Du schaffst das, Peters!«, murmelte er leise.
Kim musste schmunzeln. Sie wusste, dass Marie Kommissar Peters aus dem Büro gelockt hatte, um mit ihm eine Art »Castingvideo« für *Peter Pan* aufzunehmen. Offenbar witterte er gerade seinen großen Durchbruch als Schauspieler. Fast tat es Kim leid, dass sie ihn so an der Nase herumführten: Natürlich war keine Rolle für ihn frei. Kommissar Peters überprüfte noch einmal seinen Anblick im Spiegel eilte wieder aus dem Büro.
Kim atmete erleichtert aus. Jetzt schnell weg hier! Sie warf noch einen letzten Blick auf ihre Ausdrucke, versetzte den Computer wieder in den Ruhemodus – ein Glück, dass der Kommissar nicht auf den Bildschirm geschaut hatte! – und lief auf Zehenspitzen zur Tür. Sie konnte es kaum erwarten, ihre Entdeckung mit Marie und Franzi zu teilen.

»Ich glaub das alles nicht.« Franzi verschränkte finster die Arme vor der Brust. Kim hatte ihre Fundstücke im Hauptquartier der drei !!! an die Wand gehängt. Marie saß im Schneidersitz am Boden, umgeben von Ausdrucken aus dem Internet und alten Zeitungsausschnitten
»Lies das!« Kim drückte Franzi ihren Ausdruck von Jimmys Akte in die Hand. »›Jimmy S. wird seine Strafe in gemeinnütziger Arbeit abstottern.‹ Jimmy ist nicht freiwillig im Theater.«

Franzi blätterte die Akte durch und stieß auf die Fotos von den Graffiti. »Wieso denn überhaupt Strafe?«, sagte sie. »Das hier und das«, sie hielt Kim zwei Fotos unter die Nase, auf denen großflächige Wandbilder auf grauem Beton zu sehen waren, »das ist doch Kunst!«
»Das stimmt, Franzi, aber trotzdem war es illegal.« Kim deutete auf eine Zeile in der Akte. »Jimmy musste in ein Fabrikgelände einbrechen, um diese Graffiti sprayen zu können. Das ist streng genommen Hausfriedensbruch.«
»Blöd, dass sie ihn erwischt haben«, sagte Franzi finster. »Ich meine: Wen stört es denn, wenn jemand eine hässliche Fabrik verschönert? Niemanden!«
Kim hob die Schultern. »Vielleicht. Aber es ändert nichts daran, dass Jimmy für Vandalismus bestraft wurde«, insistierte sie. »Und auch unser Phantom schmiert gerne Sprüche an Wände, vergiss das nicht.«
»Jimmy hat eine ganz andere Handschrift«, gab Franzi verärgert zurück. »Ich weiß das, immerhin hat er all seine Skizzen für das Bühnenbild beschriftet. Wer immer unser Phantom ist, er schreibt wie ein kleines Kind! Habt ihr gesehen, wie schön unser Bühnenbild wird? Warum sollte Jimmy sich solche Mühe geben, wenn er sowieso alles wieder kaputt machen will?«
Kim konzentrierte sich wieder auf die Polizeiakte. »Hier steht, dass Jimmy keine Eltern mehr hat und seit zwei Jahren bei seinem Onkel lebt. Klaus Schmitt. Das ist der Typ aus der Hafenkneipe, den ich auch schon vor dem Theater gesehen habe.«
»Mädels«, schaltete Marie sich in diesem Moment von ihrem Platz am Boden aus ein. »Vielleicht nur ein Zufall, aber: Klaus Schmitt hat vor 15 Jahren im alten Theater *Peter Pan* gespielt. Genau wie wir.«
Kim und Franzi betrachteten den Zeitungsartikel, den Marie ihnen entgegenhielt. Unter der fetten Überschrift »Für immer jung: Klaus Schmitt begeistert als Peter Pan!« war ein großformatiges Foto abgedruckt worden, auf dem Klaus Schmitt in einem Peter-Pan-Kostüm

zu sehen war. Er war jünger und strahlte ins Publikum. Er sah glücklich aus.
Marie wurde nachdenklich: Was hatte wohl dazu geführt, dass dieser verbitterte alte Mann aus ihm geworden war? Was hatte er erlebt? Hatte er vielleicht einen triftigen Grund, sich am Theater zu rächen und seine Wiedereröffnung zu verhindern?
Kim nahm Marie den Artikel ab und pinnte ihn an die Wand, neben einen Artikel vom brennenden alten Theater. »Nicht nur das«, sagte sie leise. »Angeblich soll Klaus Schmitt damals das Feuer gelegt haben. Und in diesem Feuer ist sogar ein Schauspieler umgekommen: Florentin Flemming.« Kim hängte eine schwarz umrahmte Todesanzeige an die Wand. »Wilhelms hat mir von ihm erzählt, er hat ihn damals gekannt. Er war sein Freund.«
Franzi und Marie schwiegen betroffen. Marie schluckte: »Wenn das stimmt, dann ist Jimmys Onkel wirklich gefährlich. Und wenn er und Jimmy Komplizen sind …«
»Sind sie nicht!«, unterbrach Franzi sie wütend. »Ich vertraue Jimmy, der würde uns nie was tun.«
»Klaus Schmitt war drei Jahre im Gefängnis, Franzi.« Marie tippte nachdrücklich auf die Akte. »Wenn jemand einen Grund hat, das Theater zu hassen, dann ja wohl er.«
»Es spricht leider alles dafür.« Kim hängt ein Foto von Klaus und eines von Jimmy in die Mitte der Pinnwand. Die Fotos von Marvin und Verena, die zuvor dort gehangen hatten, waren bereits zur Seite geräumt worden. Jimmy und Klaus waren jetzt ihre neuen Hauptverdächtigen. »Jimmy und Klaus arbeiten zusammen.«
Franzi hob die Arme und ließ sie wieder fallen. Sie war völlig fassungslos: Wie konnten Kim und Marie sich nur so sehr auf Jimmy fixieren? Sie kannten ihn gar nicht! Sie wussten nicht, wie romantisch er sein konnte. Sollte er ihr das alles etwa nur vorgespielt haben? »Warum sollte Jimmy mir nachts das Theater zeigen, wenn er

es angeblich heimlich sabotiert? Das wäre doch viel zu auffällig«, rief sie.
»Stimmt. Vielleicht wollte er dich einfach nur beeindrucken«, sagte Marie nachdenklich.
»Aber es zeigt auch, dass er sich dort gut auskennt«, gab Kim zu bedenken. »Und einen Schlüssel hat er auch.«
Franzi reichte es jetzt. »Klar hat er einen Schlüssel. Weil er im Theater arbeitet. Einmal Straftäter, immer Straftäter, oder was? Jeder hat eine zweite Chance verdient.« Franzi schnappte sich ihr Board und lief sauer aus dem Hauptquartier.
»Franzi, wo willst du denn jetzt hin?«, rief Kim ihr nach. »In mein Zimmer! Ich wohne hier, schon vergessen?« Franzi stampfte mit wippenden Zöpfen davon. Sie konnte es einfach nicht glauben: *Ihr* Jimmy war der neue Hauptverdächtige! Niemals! Franzi lief in ihr Zimmer und knallte die Tür zu. Mit geballten Fäusten ging sie auf und ab. Das konnte einfach nicht stimmen. Sie würde sich nicht so einfach geschlagen geben. Sollten Marie und Kim doch ermitteln, soviel sie wollten. Franzi war an dieser Stelle raus. Fertig, aus!

Am nächsten Tag bei der Theaterprobe war Franzi immer noch verärgert. Sie lümmelte abweisend in einem Sitz, während Kim und Marie Robert Wilhelms das Foto von Klaus Schmitt zeigten. »Kennen Sie diesen Mann?«, fragte Kim.
Wilhelms zögerte einen Moment, dann nahm er das Foto und betrachtete es finster. »Und ob«, sagte er. »Der zündet alles an, was nicht bei drei auf den Bäumen ist. Warum sie den rausgelassen haben, werde ich nie verstehen. Schlimmer Choleriker. Geisteskrank.« Marie und Kim warfen sich einen beunruhigten Blick zu. »Ihr solltet einen Bogen um ihn machen. Einen großen Bogen.« Wilhelms hob den Finger und sah die beiden Mädchen warnend an. Dann verzog sich sein Gesicht zu einem Lächeln und er klatschte in Hände. »So!

Und jetzt genug von der Vergangenheit! Die Premiere steht vor der Tür und heute üben wir etwas ganz Besonderes.«

Marie hatte sich wieder zu Franzi ins Publikum gesetzt und gemeinsam mit den anderen Teilnehmern warteten sie gespannt, was nun geschehen würde.

»Heute üben wir Küssen!«, rief Wilhelms und lief mit ausgebreiteten Armen über die Bühne. Kim und Robin standen nebeneinander im Scheinwerferlicht wie zwei Versuchskaninchen. Alle starrten sie an. Kim wackelte unglücklich von einem Bein auf das andere.

»Warum ich?«, fragte sie kläglich. Sie schielte hinüber zu Robin, der ihr zuzwinkerte und sich tatsächlich einen Stoß Mundspray in den Rachen sprühte. Igitt! Kim sah Hilfe suchend hoch zu Michi. Er stand an seinem Schaltpult und schien die Situation auch nicht optimal zu finden. Aber was konnten sie schon tun? Robin und Kim spielten nun einmal Peter und Wendy, und sie hatten diese vermaledeite Kussszene. Kim schaute hinüber zu Marie, die mitleidig die Schultern hob. Romeo saß auf Mileys Schoß und fiepte leise. Er sprach Kim damit aus der Seele.

»Der Theaterkuss!« Wilhelms blickte schwärmerisch an die Decke. »*Die* wichtigste Disziplin in der Ausbildung eines Schauspielers. Es mag kein echter Kuss sein, aber der Funke muss überspringen und den ganzen Saal in Brand stecken.« Wilhelms' Blick fiel auf die Brandspuren im Saal. Er lachte verlegen auf. »Also, metaphorisch gesehen, ihr wisst, was ich meine.«

In diesem Moment wurde Romeos Fiepen lauter. Wilhelms räusperte sich und winkte Miley mit den Fingern zu sich her. »Miley? Vielleicht wartet dein kleiner Hund besser draußen im Park, ja? Da kann er auf der Wiese ein bisschen frei rumlaufen, an Bäumen nagen oder was Hunde eben so machen. Hier drin langweilt er sich nur und stört die Proben.«

Miley seufzte, aber sie verstand: Wenn Romeo die ganze Zeit fiepte, konnten sie wirklich nicht proben. Sie drückte ihn an sich und ging aus dem Saal.

Unterdessen wandte Robert Wilhelms sich wieder Kim und Robin zu. Er rieb sich die Hände, was Kim gar nicht passte. Warum freute der Kerl sich so diebisch? Für *Kim* war die Kussszene kein Grund zur Freude. »Ach ja, die Magie des ersten Kusses«, flötete Wilhelms. »Fühlt euch in die Szene hinein, liebe Kinder.«

Robin nickte ernst und straffte die Schultern. Kim konnte es einfach nicht fassen. Wie hatte sie sich nur selbst in diese unangenehme Situation manövrieren können.

»Stellt euch folgende Szene vor: Hook hat Peter mit seinem grausamen Haken erwischt«, rief Wilhelms.

Robin sah das als sein Stichwort und ließ sich aus dem Stand auf den Boden plumpsen. Alle viere von sich gestreckt lag er nun da und starrte wie tot an die Decke.

Wilhelms runzelte kurz die Stirn, dann fuhr er fort: »Peter schwindet, er haucht sein junges Leben aus. Kann Wendys erster Kuss ihn retten?« Wilhelms trat mit erhobenen Händen zurück, als wolle er den anderen im Publikum sagen: »Gebt ihnen Raum!«

Kim seufzte. Es nützte ja nichts. Am besten brachte sie es schnell hinter sich. Sie kniete sich neben Robin auf die Bühnenbretter. Er öffnete leicht die Augenlider und grinste zu ihr hoch. »Wendy, bist du das?«, röchelte er dramatisch.

Kim verdrehte die Augen. »Ja, wer denn sonst«, improvisierte sie mürrisch. Sie hatte keine Lust, für Robin die verliebte Wendy zu spielen.

Robin ächzte leise. »Oh, wie gut, dass du da bist. Küss mich, Wendy. Rette mich.« Robin spitzte die Lippen.

Kim verzog das Gesicht. Sie beugte sich zu ihm hinunter, sein Gesicht kam immer näher, schon konnte sie das Mundspray riechen. Der Ge-

ruch von Minze stieg Kim in die Nase. Kim konnte Minze nicht ausstehen. Doch da packte Robin sie plötzlich und zog sie zu sich her. Ihre Lippen landeten auf seinen und er küsste sie. In *echt*. Kim riss erschrocken die Augen auf, damit hatte sie nicht gerechnet. Zu ihrer Überraschung musste sie sich eingestehen, dass es sich gar nicht so schlecht anfühlte, Robin zu küssen.

Sie schielte auf Robins Gesicht hinunter, als plötzlich ein lauter Knall ertönte. Kim fuhr mit einem Aufschrei zusammen: Neben ihr und Robin war ein Knallkörper explodiert, der eigentlich für die finale Szene vorgesehen gewesen war.

Kims Gehirn schaltete sofort wieder in den Detektivmodus. Es gab nur einen, der ein Interesse daran gehabt haben konnte, diese Kussszene zu sabotieren: Michi Millbrandt! Ertappt schielte Kim zu ihm hoch.

Michi starrte humorlos zurück. »'tschuldigung«, sagte er kühl. »Das war wohl der falsche Knopf.«

Kim schluckte. Alle starrten sie an. Sie wäre am liebsten im Boden versunken. Warum sagte denn niemand etwas? Schließlich hielt sie es nicht mehr aus und rannte von der Bühne, die Treppe runter und in die Garderobe. Schade, dass die Garderobe keine Tür hatte. Die hätte sie jetzt gern hinter sich zugeschlagen und dreimal abgesperrt, damit keiner sie jemals wieder herausholen konnte.
Sie ließ sich atemlos vor einen der Spiegel fallen, schnappte sich ein Kosmetiktuch und wischte sich wütend damit über den Mund. »Wer bist du?«, sagte sie verzweifelt zu ihrem Spiegelbild. »Du liebst doch Michi! Warum zum Teufel hast du dich küssen lassen, und dann auch noch von *Robin*!«
Aber Kims Spiegelbild antwortete nicht. Stattdessen bewegte sich der Vorhang in der Reflexion. Schlich da jemand vorbei? Kim drehte sich um und spitzte die Ohren.
»Ja, ich weiß. Es ist alles bereit«, hörte sie eine gedämpfte Stimme. Das war doch … Jimmy! Kim stand auf und lief zurück in den Gang. Sie beobachtete heimlich, wie Jimmy gerade die Stufen zur Bühne hinaufstieg.
»Mach dir keine Gedanken«, sagte er verstohlen in sein Handy und warf dabei einen Blick über die Schulter. Kim wich schnell in den Schatten zurück. »Wir ziehen das durch heute Nacht«, hörte sie Jimmy noch sagen, dann war er verschwunden.
Kims Kiefer mahlten: Heute Nacht also würde das Phantom zuschlagen? Da hatte es die Rechnung ohne die drei !!! gemacht!

Als Marie wenig später die Treppe herunterkam, hatte Kim den Kuss schon fast wieder vergessen. Sie erzählte Marie, was sie gehört hatte. »Und weißt du, was genau heute vor 15 Jahren war?«, fragte Kim, nur um die Frage gleich selbst zu beantworten: »Das Feuer!«
Marie riss aufgeregt die Augen auf: »Das kann kein Zufall sein. Kim, wir sind so nah dran. Wir kriegen sie. Wir legen uns heute Nacht hier

im Theater auf die Lauer, und dann erwischen wir die beiden in flagranti.«

»Was auch immer *in flagranti* heißt«, knurrte Franzi, die eben durch den Vorhang trat. »Das könnt ihr gerne machen, aber ohne mich.«

»*In flagranti* heißt auf frischer Tat«, erklärte Kim verlegen.

Franzi verdrehte die Augen, schnappte sich ihr Skateboard und verließ die Umkleide. »Danke für die Erklärung, Frau Besserwisserin. Viel Spaß heute Nacht«, motzte sie noch, dann war sie weg.

Marie und Kim sahen sich entschlossen an.

»Okay, besprechen wir die Details«, hob Kim an, genau in dem Moment, als Michi in die Garderobe kam. Sofort blieb er wie angewurzelt stehen. »Oh«, sagte er steif. »Ich dachte, du bist schon weg.«

»Michi!« Kim rang verlegen die Hände. »Hast du vielleicht einen Moment?«

»Keine Zeit. Ich habe Frühschicht in der Hafenkneipe.« Michi verschwand hinter der Trennwand und schlüpfte schnell in sein Pommeskostüm.

»Sollen wir dann nachher telefonieren?«, versuchte Kim es erneut. Sie beobachtete Michis Schatten genau. Sogar sein Schatten sah wütend aus.

»Nein. Ich habe auch noch Spätschicht«, antwortete Michi nur knapp.

»Bist du sauer auf mich?«, fragte Kim, als Michi in seiner Pommestüte an ihr vorbeilaufen wollte. Sie griff nach seinem Arm, um ihn zum Stehenbleiben zu bewegen, aber er machte sich los.

»Nö, wieso?«, sagte er schnippisch.

Kim schloss die Augen: Diese Aussage kannte sie sehr gut. Sie bedeutete genau das Gegenteil: Michi *war* sauer, sogar stinksauer. Mit wogenden Pommeshaaren dampfe er aus der Umkleide.

»Oh nein!« Kim drehte sich mit hängenden Armen zu Marie um. Sie ließ sich auf einen Hocker fallen, stützte das Kinn in die Hand.

»Erst Franzi, jetzt Michi. Glaubst du wirklich, er ist sauer wegen dieses blöden Theaterkusses?«
Marie wiegte bedenklich den Kopf. »Meinst du diesen filmreifen Kuss, bei dem die Funken nur so gesprüht haben? Hm. Keine Ahnung. Kann schon sein«, sagte sie ein wenig ironisch.
Kim warf einen Lippenstift nach ihr. Dann verbarg sie stöhnend das Gesicht in den Händen.

Eine aufregende Nacht

Marie schaufelte sich eine letzte Gabel Auberginenauflauf in den Mund, dann schob sie den Teller zurück in den Kühlschrank. Ein Blick auf die Küchenuhr sagte ihr, dass sie sich beeilen musste: Kim wartete vor dem Theater auf sie und es wurde bereits dunkel. Marie lief in den Flur und wollte gerade in ihre schwarzen Turnschuhe schlüpfen, als ihr Blick in den Garderobenspiegel fiel. Schwarze Leggings, schwarzer Hoodie. Alles perfekt für einen nächtlichen Detektiveinsatz. Nur eine wichtige Sache fehlte noch: Ihr hellblondes Haar musste sie dringend unter einer Mütze verstecken. Sie schlich zurück in ihr Zimmer.

Miley saß auf der Matratze neben Maries Bett, auf der sie seit ein paar Tagen übernachtete. Bei Maries Anblick zuckte sie überrascht zusammen. »Marie! Ich dachte, du bist schon weg.« Miley sah verstohlen zu Romeo hinüber, der unter einer Decke und seiner neuen Perücke verborgen lag. Marie folgte Mileys Blick. Vermutlich schlief Romeo. Jedenfalls hörte Marie keinen Mucks von ihm, was ungewöhnlich war für ihn.

»Ich *bin* auch gleich weg, ich habe nur etwas vergessen.« Marie griff nach einer schwarzen Wollmütze auf ihrem Nachttisch.

»Was habt ihr eigentlich vor?«, wollte Miley wissen. Sie wirkte ein wenig nervös, auf ihrem Schoß hielt sie ein Aufnahmegerät, das Marie noch nie gesehen hatte.
»Das ist leider streng geheim. Die drei !!! geben niemals Details über ihre Ermittlungen preis«, sagte Marie und zog bedauernd die Schultern hoch. »Aber was machst *du* da eigentlich?«
Miley sah überrascht auf das Gerät hinunter. »Ich? Ähm. Ich … ich nehme bloß einen Song auf.«
Marie zog die Augenbrauen hoch. »Echt?«, sagte sie beeindruckt. »Lass doch mal hören.« Miley errötete. »Nein, lieber nicht. Ich will ihn erst vorspielen, wenn er richtig gut ist.«
Marie zuckte mit den Schultern. »Okay. Ich muss jetzt los, der Auberginenauflauf ist im Kühlschrank. Den kannst du dir warm machen, wenn du Hunger kriegst. Papa hat Nachtdreh und kommt bestimmt erst sehr spät wieder.«
Miley nickte. Als Marie schon fast zur Tür raus war, rief sie sie noch einmal zurück. »Marie?«
Marie hielt inne.
»Ja?«
Miley sah sie einen Moment an. Ihre Lippen bewegten sich, als wäre sie unschlüssig, ob sie etwas sagen sollte. Schließlich rang sie sich durch: »Danke für den Auberginenauflauf«, sagte sie und lächelte schief.
»Nichts zu danken. Bis später!« Marie zog die Tür hinter sich ins Schloss.

Marie lief die Treppe hinunter, schnappte sich ihr Fahrrad und radelte durch die Nacht. Der Wind zerzauste ihr Haar, als sie in den Waldweg zum alten Theater einbog. Es war unheimlich unter den Bäumen, deren Äste wie Krallen wirkten. Der Strahl ihrer Fahrradlampe durchschnitt die Finsternis wie ein Messer. Endlich schälten sich die Umrisse

des alten Theaters vor ihr aus der Dunkelheit. Wie immer sah es aus wie ein Spukhaus. Marie schluckte, als sie sich an den Schatten erinnerte, den sie am ersten Tag hinter einem der Fenster gesehen hatte. »Nur nicht daran denken, Marie. Fokussiere dich«, murmelte sie leise.
Kim war natürlich wieder mal überpünktlich und wartete bereits vor dem Theater auf Marie, ebenfalls in schwarzen Kleidern und mit einer Wollmütze auf dem Kopf. »Meine Mutter hat sich total gefreut, dass ich freiwillig eine Mütze aufgesetzt habe«, sagte sie augenrollend, als Marie auf sie zukam. »Sie glaubt übrigens, dass ich bei Franzi übernachte.«
Marie nickte: »Glaubt mein Vater auch. Aber er ist sowieso auf Nachtdreh.«
»Hat Miley was mitgekriegt?«, fragte Kim besorgt.
»Ja, natürlich. Sie wohnt ja in meinem Zimmer. Aber sie hat akzeptiert, dass ich ihr keine Details verraten konnte. Also, gehen wir rein?«
Kim seufzte und sah am Theater hoch, das bei Nacht noch unheimlicher aussah als am Tag. »Wenn es sein muss«, murmelte sie. »Zu blöd, dass Franzi ausgerechnet heute nicht dabei ist. Mit ihr fühle ich mich immer mutiger.«
»Ich auch«, sagte Marie. »Aber sie ist nun einmal nicht da, also …«
»*Wer* ist nicht da?«, ertönte eine Stimme hinter ihnen. Marie und Kim drehten sich um und sahen Franzi, die verlegen grinsend auf sie zukam. Auch sie trug schwarze Kleidung und eine Mütze, unter der ihre roten Haare hervorblitzten. »Was ist?«, fragte sie, als sie die entgeisterten Gesichter ihrer Freundinnen sah. »Ich darf ja wohl auch mal zu spät kommen!«
»Franzi!« Kim umarmte sie fest. »Du bist ja doch da!«
»Klar. Ich kann euch doch nicht alleine da reingehen lassen. Die drei !!! halten immer zusammen, oder? Außerdem möchte ich eure dummen Gesichter sehen, wenn ihr feststellt, dass Jimmy nicht das Phantom ist.« Sie streckte den beiden scherzhaft die Zunge raus.

»Haha!«, sagte Kim. Aber sie lächelte. Franzi war da. Jetzt konnte nichts mehr schiefgehen. Gemeinsam traten die drei Mädchen durch die Tür ins Theater. Kims Herz klopfte, als sie durch das Foyer Richtung Zuschauersaal gingen. Irgendetwas hatte das Phantom heute Nacht geplant. Sie hoffte nur, dass sie ihm dabei zuvorkamen.

»Mir ist so langweilig!«, beklagte sich Marie.
Kim konnte es ihr nicht verdenken. Die drei !!! lagen schon seit zwei geschlagenen Stunden zwischen den Theatersitzen auf der Lauer. Gerührt hatte sich bisher nichts. Eine Maus war einmal quer über die Bretter gehuscht, aber sonst? Totenstille. Das Phantom alias Jimmy Schmitt schien es sich wohl doch anders überlegt zu haben ... Kim stützte genervt das Kinn auf die Hand. Auch das gehörte zur Detektivarbeit: Beschattungen ohne Ergebnis.
»Franzi, was machst du?«, fragte Marie, die träge in ihrem Sitz lümmelte. Auch Kim sah zu Franzi hinüber. Sie wühlte in ihrer schwarzen Stofftasche und beförderte eben das Nachtsichtgerät heraus, das die drei !!! sich letzten Monat von ihren gemeinsamen Ersparnissen gekauft hatten. Sie setzte es auf und sah sich im Zuschauersaal um.
»Und? Wie ist das neue Nachtsichtgerät?«, wollte Kim wissen. Franzi grinste sie an. Sie sah witzig aus, das Nachtsichtgerät besaß große Ähnlichkeit mit einer Chemieschutzbrille. Nur, dass man damit im Dunkeln sehen konnte.
»Das Teil ist genial«, flüsterte Franzi. »Wenn das Phantom kommt, habe ich es auf jeden Fall im Blick.«
»Ich hoffe, es kommt bald!«, gähnte Marie. »Sonst penne ich nämlich ein.« Kaum hatte Marie diese Worte ausgesprochen, nahm Franzi plötzlich einen Schatten wahr. Er flitzte quer über die Bühne und verschwand hinter den Kulissen.
»Da unten ist jemand«, rief Franzi aufgeregt, sprang sofort auf und stürmte die Treppen hinunter, immer zwei Stufen auf einmal neh-

mend. Kim und Marie waren ihr dicht auf den Fersen. In solchen Augenblicken wünschte Franzi sich manchmal, sie könnte fliegen. Wer auch immer dort auf der Bühne herumhuschte, er oder sie hatte einen relativ großen Vorsprung, und das Theater war so weitläufig und unübersichtlich mit seinen vielen verzweigten Gängen, dass es jede Menge Möglichkeiten gab, sich zu verstecken.

Franzi konnte nur hoffen, dass das Phantom nicht die Treppe nach unten nahm. Sie fegte um einen schwarzen Vorhang herum in die Kulissen und sah gerade noch, wie der Schatten eine Leiter an der Wand hochkletterte. Das Phantom machte sich also Richtung Schnürboden davon. Sehr gut! Dort oben in schwindelerregender Höhe hatte es keine großen Chancen, Franzi zu entkommen. Sie musste nur schnell sein. Sie legte kurz den Kopf in den Nacken. War es verrückt, einfach so da hochzuklettern? Mit Sicherheit! Aber sie hatte keine andere Wahl. Das Phantom war zum Greifen nahe und sie war die Sportlichste im Detektivtrio. Jetzt musste sie all ihren Mut und ihre Kraft zusammennehmen und dem Phantom beweisen, dass es sich mit den falschen Mädchen angelegt hatte. Franzi lief zur Leiter und begann den Aufstieg.

»Franzi, sei vorsichtig!«, hörte sie Maries Stimme, als sie schon ein gutes Stück geklettert war. Sie warf einen Blick über die Schulter, dabei fiel ihr das Nachtsichtgerät herunter. Es landete tief unter ihr auf einem Stapel Taue. »Mist!«, rief sie laut.

»Franzi, was ist?« Das war wieder Marie.

»Ich brauche dringend Licht!«, rief Franzi zurück. Dann sah sie nach oben, wo der Schatten sich allmählich wegbewegte und mit der Dunkelheit verschmolz. Leise fluchend kletterte sie weiter, so schnell und vorsichtig sie konnte. Sie hatte doch ein wenig Angst, abzustürzen. Aus dem Augenwinkel nahm sie wahr, wie Kim sich auf der anderen Seite der Bühne an Michis Schaltpult zu schaffen machte. Offenbar versuchte sie, das Saallicht anzuschalten. Franzi hoffte, dass ihr das schnell gelingen würde. Sie hatte zwar gute Augen, aber je höher sie kletterte, desto finsterer wurde es, und das Phantom kannte sich eindeutig besser aus als sie.

Franzi erreichte die Traverse, einen schmalen Holzsteg, der einmal quer über die Bühne führte. An seinem Ende konnte sie die Umrisse des Phantoms ausmachen. Jetzt gab es kein Entkommen mehr. Franzi betrat vorsichtig den Steg. Links und rechts ging es sehr tief hinunter. Am besten schaute sie gar nicht hin und fokussierte sich auf ihr Ziel: das Phantom.

»Kim, was machst du denn?«, hörte sie wieder Maries Stimme aus der Tiefe heraufschallen. »Du hast die Nebelmaschine eingeschaltet!«

Nun sah Franzi *doch* nach unten: Weißer Nebel hüllte Maries Füße ein, die auf der Bühne stand und mit ihrer Taschenlampe zu Kim hinaufleuchtete. Marie war wirklich sehr weit weg. Franzi kam sich vor, als stünde sie auf dem Zehnmeterbrett im Schwimmbad. Ihr wurde beinahe ein wenig schwindelig und sie zwang sich, wieder nach vorne zu schauen. Vor ihr verlor sich der schmale Steg in der Dunkelheit. Sie straffte die Schultern. »Ich gehe jetzt los, Kim! Ich hoffe, du kriegst das hin mit dem Licht!«

»Ja, 'tschuldigung. Die Knöpfe sind nicht beschriftet«, rief Kim. »Ich tue mein Bestes.«

Franzi lief los. Unter ihren Turnschuhen knarrten die alten Bretter verdächtig. Ihr Herz klopfte, es war einfach viel zu dunkel hier oben. Warum brauchte Kim nur so lange mit dem Licht? Kaum dass Franzi diesen Gedanken innerlich ausgesprochen hatte, als plötzlich gleißendes Discolicht über die Wände flackerte. »Kim, was soll das denn?«, rief Franzi.

Im selben Augenblick gab ein morsches Brett unter ihr nach. Franzi fiel. Es war ein schreckliches Gefühl, plötzlich den Boden unter den Füßen zu verlieren. Franzi schrie auf, riss instinktiv die Arme nach oben und bekam in letzter Sekunde eine Metallstrebe zu fas-

sen. Krampfhaft hielt sie sich fest, ihre Beine traten ins bodenlose Nichts.

»Nein, Franzi! Halt dich fest!« Marie wurde panisch.

»Was glaubst du, was ich hier mache?«, schrie Franzi zurück. Ihre Hände steckten noch immer in den schwarzen Wollhandschuhen und boten wenig Halt. Sie rutschte immer wieder von der Metallstrebe ab, die zuvor das morsche Brett gehalten hatte. Franzi konnte nur hoffen, dass sie widerstandsfähiger war. Aber lange würde sie hier oben nicht durchhalten. Ihre Arme wurden langsam kraftlos. Sie war zwar sehr sportlich, aber sie schaffte es nicht, ihr komplettes Körpergewicht zurück auf den Steg zu ziehen.

In diesem Moment gelang es Kim, das Saallicht einzuschalten. Franzi konnte endlich besser sehen. Allerdings befand sie sich in einer ziemlich aussichtslosen Lage. »Verdammter Mist!«, wimmerte sie leise.

Franzi legte den Kopf in den Nacken. Weit über ihr lag der rettende Steg, so nah und doch so fern. Sie schloss die Augen, fühlte wie ihre

Hände abrutschten und wappnete sich schon für ihren Sturz in die Tiefe, als sie plötzlich ein seltsames Klappern hörte. Eine Strickleiter hatte sich neben ihr aufgerollt.

Fassungslos starrte Franzi die rettende Leiter an. Mit letzter Kraft spannte sie ihre Muskeln an, ließ eine Hand los und griff damit nach der ersten Sprosse. Sie hakte ihren Fuß ein und zog sich dann ganz rüber. Schwer atmend hängte sie sich an die Leiter und hielt erst mal einen Moment inne, um wieder zu Kräften zu kommen. »Danke Kim, das war Rettung in letzter Sekunde«, keuchte Franzi.

»Ich war das nicht«, rief Kim von unten herauf.

Franzi hielt sich an den Sprossen der Strickleiter fest und kletterte langsam nach unten, was gar nicht so leicht war. Die Leiter schwankte hin und her und ihre Beine zitterten von der Anstrengung. Als sie endlich wieder auf sicherem Boden stand, warf Marie sofort ihre Arme um sie.

»Franzi! Alles in Ordnung, geht's dir gut?« Franzis Knie zitterten immer noch, aber sie musste lachen: Marie würgte sie ja beinahe, so erleichtert war sie.

»Mir geht's gut, wenn du mich nicht erdrückst!«, sagte sie in ihre Schulter. Marie ließ sie los und sah ihr mit großen Augen ins Gesicht.

»Das hätte echt schiefgehen können.«

In diesem Moment kam auch Kim auf die Bühne gestürzt und fiel Franzi um den Hals. »Ich bin so froh, dass du noch ganz bist. Ich dachte schon, du stürzt ab«, sagte sie leise und sah Franzi ernst an.

Franzi stieß Kim in die Seite. »Würde ich nie tun. Die zwei !! klingt doch lahm.«

Kim und Marie lachten und umarmten Franzi noch einmal fest. Dann warf Franzi nachdenklich einen Blick nach oben. »Wer das wohl war? Mit der Leiter?« Kim und Marie folgten ihrem Blick. Weit über ihnen in der Dunkelheit lag der durchbrochene Steg. Nichts regte sich mehr. Aber die drei !!! spürten, dass irgendwo dort oben jemand saß und sie aus dem Schatten heraus beobachtete.

Der nächtliche Wald sah aus wie aus einem Märchenbuch. Wenn Marie den Kopf in den Nacken legte, konnte sie über den knorrigen Ästen der Bäume Wolkenfetzen vorübergleiten sehen. Die Luft war lau und roch nach Moos. Grillen zirpten, irgendwo schrie ein Käuzchen. Die Lichtstrahlen ihrer Taschenlampen tasteten sich über den Waldweg wie Finger. Kim kickte mit finsterer Miene einen Stein vor sich her. »Okay, das Fazit unserer nächtlichen Aktion: Franzi wäre beinahe abgestürzt und wir sind keinen einzigen Schritt weitergekommen. Na toll.«
Franzi seufzte. Da konnte sie Kim nur recht geben.
»Hast du wirklich nichts erkannt?«, fragte Kim sie.
»Nee. Zuerst war es so dunkel und dann, na ja, dann bin ich fast abgestürzt. Wie Jimmy sah das Phantom jedenfalls nicht aus.«
»Woher willst du das wissen?« Kim konnte es nicht lassen. »Du hast doch nichts erkannt. Du bist nicht objektiv, Franzi.«
»Pscht!« Marie hob die Hand. Die drei !!! blieben abrupt stehen. »Was ist das?« Marie streckte die Hand aus und deutete zwischen die

Bäume. Irgendetwas flackerte im Unterholz, gelbe Lichtreflexe tanzten über die Stämme.
»Kommt, wir sehen uns das an«, flüsterte Franzi.
»Bist du sicher?«, wandte Kim ein, wie immer das ängstlichste Ausrufezeichen.
Langsam gingen die drei !!! durch das Unterholz auf das geheimnisvolle Flackern zu. Die Bäume teilten sich und machten einer Lichtung Platz, in deren Mitte jemand Teelichter zu einer merkwürdigen Form angeordnet hatte.
Kim, Marie und Franzi traten näher. »Was ist das?«, fragte Kim flüsternd. »Sieht aus wie eine Séance.«
»Eine was?«, fragte Franzi.
»Eine Geisterbeschwörung«, erklärte Marie. Sie legte den Kopf schief und betrachtete das Gebilde eingehend. Es war ziemlich groß, deshalb erkannte sie erst nach einer Weile, um was es sich handelte. Es lief ihr kalt den Rücken hinunter. »Mädels. Das sieht aus wie ein Totenkopf.«

»Das Symbol des Phantoms.« Kim schluckte und sah zu Marie hinüber. Dabei fiel ihr Blick auf einen knorrigen alten Baum, der sich hinter ihrer Freundin erhob wie ein unheimlicher Riese. An seinem Stamm funkelte etwas. Kim runzelte die Stirn und schob sich an ihren Freundinnen vorbei. Durch das trockene Gras, das unter ihren Turnschuhen raschelte, lief sie um die Teelichter herum und auf den Baum zu. Jemand hatte eine goldene Plakette an den Stamm genagelt.

Kim hob die Taschenlampe, um lesen zu können, was dort stand. »In Gedenken an Florentin Flemming«, las sie laut vor. Ihr Blick wanderte mit dem Strahl ihrer Taschenlampe am Baumstamm hinunter und traf ein schiefes Holzkreuz. Es war ein unheimlicher Anblick. Franzi und Marie traten neben Kim, die in die Knie gegangen war, um sich das Kreuz genauer anzusehen.

»Was ist das denn?«, flüsterte Franzi und fuhr mit dem Finger über die goldene Plakette.

»Das sieht aus wie eine Gedenkstätte«, sagte Kim und fuhr mit der Hand über einen Stein, der neben dem Kreuz stand. Auch sie flüsterte unwillkürlich. Immerhin schienen sie hier an einem Grab zu stehen: dem Grab von Florentin Flemming, dem Schauspieler, der damals beim großen Feuer im Theater gestorben war. »He, hier liegt etwas.« Kim streckte die Hand aus, kurz darauf hielt sie einen silbernen Ring mit einem Totenkopfmotiv in den Strahl von Maries Taschenlampe. »Das ist der Ring von Jimmys Onkel. Den hatte er am Finger, als er in der Hafenkneipe Klavier gespielt hat.«

»Und hier ist noch was.« Marie bückte sich und hob ein Feuerzeug hoch. Franzi rutschte bei seinem Anblick das Herz in die Hose und der Magen in die Füße. Sie fühlte sich elend: Was Marie da gefunden hatte, war ein silbernes Klappfeuerzeug mit einem bunten Totenkopfsticker. Marie bemerkte Franzis Gesichtsausdruck. »Gehört das etwa …?«, fing sie ahnungsvoll an.

Franzi nickte, ihren Blick starr auf das Feuerzeug gerichtet. »Das ist Jimmys«, sagte sie leise. »Ich bin mir hundertprozentig sicher.«
Kim erhob sich langsam aus ihrer sitzenden Position. »Ich sage es ja nicht gerne, Franzi, aber das Phantom hat dich gerettet. Das spricht mal wieder für …«
»Jimmy. Ich weiß.« Franzi schloss kurz die Augen und atmete tief durch. Er hatte sie also wirklich belogen und hintergangen. Er war die ganze Zeit das Phantom gewesen oder zumindest sein Handlanger.
Marie und Kim sahen Franzi mitleidig an. Ihr Verdacht hatte sich bestätigt, aber gut fühlte sich das nicht an. Sie hätten Franzi Jimmys Unschuld so sehr gegönnt.
»Dann war der Schatten im Theater wohl doch Jimmy«, sagte Franzi düster. »Du hattest recht, Kim. Ich war nicht mehr objektiv. Ich fasse es bloß nicht, dass ich mich so in ihm täuschen konnte.«
Marie legte ihren Arm um Franzi und drückte sie an sich. »Liebe macht eben manchmal blind. Dafür haben wir uns.«
»Genau!« Kim legte ihren Kopf auf Franzis Schulter, schmiegte sich ebenfalls an sie. Franzi seufzte tief. Gleichzeitig breitete sich in ihrem Bauch ein warmes Gefühl aus. Jimmy alias »das Phantom« hatte sie vielleicht hereingelegt, aber es gab zwei, auf die sie immer würde zählen können: ihre besten Freundinnen.

Geständnis aus dem Nichts

Jimmy Schmitt trat zurück und betrachtete sein Werk. Er schien heute extra früher aufgestanden zu sein, um einem der seitlichen Kulissenteile den letzten Schliff zu geben.

Franzi kauerte neben Kim und Marie hinter einer Baumgruppe vor dem Theater und beobachtete ihn. »Was gibt er sich überhaupt so viel Mühe? Wahrscheinlich überlegt er sich jetzt schon, wie er das Teil am besten zu Kleinholz zermahlen kann.«

Kim nickte. »Es wird Zeit, dass wir unser Phantom konfrontieren.«

»Ich bin schon dabei!« Entschlossen löste Franzi sich aus dem Schatten des Baumes und ging auf Jimmy zu. Er hob überrascht den Kopf. Als er sie erkannte, lächelte er erfreut. Alles Show, dachte Franzi grimmig.

»Franzi! Du bist ja früh dran«, sagte Jimmy. Franzi zog mit einem Ruck das Feuerzeug aus der Tasche und ließ es in ihrer Hand auf und ab hüpfen.

»Wieso? Wärst du lieber alleine?«, fragte sie. »Hast du vielleicht irgendetwas anzuzünden?« Mit diesen Worten warf sie ihm sein Feuerzeug zu. Er fing es überrascht auf. In diesem Moment traten auch Marie und Kim hinter den Bäumen hervor ins Sonnenlicht. »Oder wolltest du noch ein paar fiese Sprüche an die Wand schmieren?«, fragte Marie kalt.

Jimmy schaute verwirrt zwischen den drei Mädchen hin und her. »Was ist denn mit euch los?«

»Das weißt du ganz genau. Du hast unser Stück sabotiert«, rief Kim.

»Du und dein Onkel!«, fügte Marie hinzu.

Jimmys verwirrter Gesichtsausdruck wich einem fassungslosen Lachen. »Was? Mein Onkel? Was redet ihr denn da?«

»Wir haben dein Feuerzeug gefunden«, erwiderte Franzi. Jimmy schüttelte den Kopf. Er spielte seine Rolle als Verwirrter wirklich gut, das musste Kim ihm lassen.

»Wovon redet ihr?«, rief er. »Wollt ihr mich veräppeln?«

Franzi wollte gerade zu einer Antwort ansetzen, doch sie wurde unterbrochen: Aus dem Inneren des Theaters drang plötzlich ein gellender Schrei. Er war so schrill und hoch, dass in den Bäumen vor dem Theater ein paar Vögel aufflogen. Verena! Marie, Kim und Franzi wechselten alarmierte Blicke. Sie rannten los, Jimmy dicht hinter ihnen. Als sie in den Zuschauersaal kamen, stoppten sie abrupt ab.

»Das gibt es doch nicht«, flüsterte Marie mit großen Augen.

Kim war unfähig, ihr zu antworten. Ihre Augen waren geradezu auf das Bühnenbild geklebt, das über und über mit Totenköpfen vollgeschmiert war. »Tick, tack, die Zeit läuft ab«, stand in roten Lettern quer über dem vordersten Kulissenteil.

Das Phantom hatte wieder zugeschlagen. Aber wann? Die Tat musste sich auf jeden Fall *nach* Franzis Unfall ereignet haben. Kim warf einen verstohlenen Blick hinüber zu Jimmy, der genauso fassungslos zu sein schien wie die drei Detektivinnen. Aber vermutlich war das alles Fassade. Kim, Marie und Franzi betraten die Bühne, wo die zitternde Verena sich gerade von Jasmin und Luise mit ihrem Piratenhut Luft zufächeln ließ. »Es reicht«, stöhnte sie. »Das muss endlich aufhören!«

In diesem Moment knackte es in den Lautsprechern. »*Hast geträumt, du fliegst. Frei, ohne Angst*«, sang eine wohlbekannte Stimme.
»Wer ist das?«, fragte Verena. Die drei !!! antworteten nicht, dabei hatten sie die Stimme sofort erkannt. Miley. Plötzlich brach die Stimme in ein höhnisches Kichern aus. Es hörte sich furchtbar an. Marie packte Kims Arm. Das konnte, das durfte einfach nicht wahr sein. Bedeutete das etwa, was sie befürchtete? Steckte *Miley* hinter all den Anschlägen?
»Die drei !!!«, säuselte Miley über den Lautsprecher. »So clever. So nobel. So hilfsbereit. Vor allem du, Marie, warst sooo gut zu mir. Was mich trotzdem nicht davon abhält, dich abgrundtief zu hassen.«
Marie zuckte zusammen. Das konnte Miley doch nicht ernst meinen. Was hatte sie ihr denn getan? Kim und Franzi rückten näher an Marie heran, um ihr beizustehen.
Mileys Stimme fuhr indessen knisternd fort: »Die kleine Miss Perfect mit ihrem berühmten Papi und ihrer Feenstimme. Manche haben eben alles. Und andere nichts.«
Franzi schüttelte den Kopf, sie mussten etwas tun. Sie konnten sich das nicht länger anhören. Allein schon wegen Marie. »Michi!«, rief sie hinauf zum Schaltpult. »Wo kommt das her?«
Michi prüfte verwirrt die Knöpfe und Hebel an seinem Pult. »Ich weiß es nicht. Das einzige andere Mikrofon ist ... oben, im Foyer. Sie muss im Foyer sein.« Das ließen Kim, Marie und Franzi sich nicht zweimal sagen. Sie rannten sofort los, von der Bühne und quer durch den Zuschauersaal. Mileys unheimliches Geständnis lief dabei über die Lautsprecher weiter: »Als ich dein Kleid zerstört habe, habe ich mir vorgestellt, DU steckst drin, Marie! Und wenn Verena nicht die Pralinen gefressen hätte, wäre wenigstens dein Gesicht nicht mehr so perfekt gewesen. Jedenfalls: Ich habe gewonnen, ihr habt verloren.«
Franzi erreichte das Foyer zuerst, wo sich ihr ein gruseliger Anblick bot. Sie blieb stehen, Kim und Franzi bremsten links und rechts von ihr ab.

»Was ist das denn?«, flüsterte Kim. Vor dem Mikrofon an der Garderobe stand ein Aufnahmegerät.
Marie schluckte. Sie hatte das Gerät erkannt. Miley hatte also keinen Song aufgenommen in ihrem Zimmer. Sie hatte ihr *Geständnis* aufgenommen. Deshalb hatte sie auch so seltsam auf Maries Nachfrage reagiert. An das Gerät war ein roter Ballon mit einem schiefen Grinsegesicht gebunden, der die drei Mädchen finster anstarrte.
»Von wegen: Die drei !!! lösen jeden Fall! Und versucht gar nicht erst, mich zu finden, ihr Loser. Ich bin schon lange weg aus Nimmerland.«
Das Tape lief noch ein paar Sekunden kratzend weiter, dann ging es aus.
Kim war die Erste, die sich wieder rührte. Sie trat langsam auf den Rekorder zu, öffnete das Kassettenfach und nahm das Tonband heraus. Fassungslos drehte sie sich zu ihren beiden Freundinnen um. »Sie hat uns reingelegt«, sagte sie ausdruckslos. »Miley ist das Phantom.«
In genau diesem Moment platzte der rote Ballon mit einem Knall. Die Mädchen zuckten zusammen.

»Wuhu! Eine Runde Applaus für die drei Leerzeichen.« Verena klatschte spöttisch in die Hände, als Kim, Marie und Franzi wie drei begossene Pudel zurück auf die Bühne kamen. Alle starrten sie an. Es war ein Moment absoluter Demütigung. Die drei !!! hatten total versagt.
»Ihr könnt froh sein, dass die Täterin sich selbst gestellt hat«, sagte Verena schnippisch. »Wahrscheinlich hatte sie Mitleid, weil ihr so lange gebraucht habt.«
Kim warf Verena nur einen verärgerten Blick zu. Sie hatte keine Worte für das, was eben passiert war, und schon gar keine Worte für Verena.
Robert Wilhelms stand vor dem besudelten Bühnenbild, die Hände in den Hüften. »Wir haben uns alle in Miley getäuscht«, sagte er. Er hielt

einen Moment inne und sah Marie mitleidig an. »Sie war eine gute Schauspielerin, aber eine schlechte Freundin. Ein Gutes hat die Sache zumindest: Unsere Premiere kann nun ungestört stattfinden. Wir müssen nun mehr denn je zusammenhalten, Kinder. Aber ich glaube noch an uns. Ihr auch?« Die Jugendlichen nickten zögernd. Nur Marie hielt es nicht mehr aus, sie drehte sich weg und ging zum Bühnenrand. Tränen glitzerten in ihren Augen. Kim und Franzi folgten ihr. Kim legte ihr die Hand auf die Schulter, und als Marie sich umdrehte, erschrak Kim über den Ausdruck in ihren blauen Augen: Marie war bitter enttäuscht. So niedergeschlagen hatte Kim ihre lebenslustige Freundin selten erlebt. Sie sah aus, als hätte man ihr das Herz gebrochen. »Wieso hasst sie mich so? Ich war doch immer nett zu ihr.«

Kim schüttelte den Kopf. »Ich weiß es nicht. Ich weiß nur eins: Du hast das nicht verdient, Marie.«

Franzi nickte bekräftigend. »Absolut nicht. Du bist die beste Freundin, die man sich wünschen kann.« Marie schniefte und ließ sich von ihren beiden Freundinnen umarmen. Franzi legte ihren Kopf auf Maries Schulter. Dabei fiel ihr Blick auf Jimmy, der gerade mit hängenden Armen den Zuschauersaal verließ. Franzi wurde plötzlich kalt ums Herz. Miley hatte die Taten gestanden. Das bedeutete, dass sie Jimmy unrecht getan hatten. Sie musste sich bei ihm entschuldigen, und zwar so schnell wie möglich.

Die Theaterproben waren vorzeitig beendet worden. Alle durften nach Hause gehen, um sich von dem Schock zu erholen. »*The show must go on!*«, hatte Robert Wilhelms gesagt. »Das ist Englisch und heißt: Die Show muss weitergehen. Aber dieser Nachmittag gehört euch, Kinder. Ruht euch aus, meditiert, kaut Kaugummi oder was immer man in eurem Alter so macht. Wir sehen uns morgen früh.«

Verena, Luise und Jasmin hatten sofort großmäulig angekündigt, den Rest des Tages in Verenas Garten weiterzuproben. »Wir nehmen die

Sache hier schließlich ernst. Nicht wie die drei *Leerzeichen*, die nicht mal ihre eigenen Fälle lösen können. Von wegen *Detektivinnen*!«
Franzi ahnte es: Sie würden sich das jetzt bis zum Ende des Sommers von Verena anhören dürfen.
In Gedanken versunken schlenderte sie durch den Wald. Vögel zwitscherten und eine Wolke Mücken kreiste um ihren Kopf, die sie mit dem einen Arm wegwedelte. Ihr Skateboard unter dem anderen Arm folgte sie einer Spur im Gras, die nur von zwei ganz bestimmten Turnschuhen hinterlassen worden sein konnte. Sie behielt recht. Unter dem knorrigen Baum, vor Florentins Grab, saß Jimmy. Franzis Füße fühlten sich auf einmal an, als wären sie mit Blei gefüllt. Ja, sie hatte nach Jimmy gesucht, um sich bei ihm für ihren falschen Verdacht zu entschuldigen. Aber jetzt, wo er so vor ihr im Gras saß und förmlich rauchte vor Wut und Enttäuschung, war ihr doch ein wenig mulmig zumute. Ob er ihr verzeihen würde? »Hey«, sagte Franzi vorsichtig.

Jimmy warf nur einen kurzen Blick über die Schulter, dann starrte er wieder nach vorne. Er riss einen Grashalm aus, warf ihn wütend weg. »Einmal Straftäter immer Straftäter, was?«, sagte er leise.
Franzi senkte den Kopf. Genau das hatte sie damals zu Franzi und Marie im Hauptquartier gesagt. Hätte sie doch bloß auf ihr Bauchgefühl gehört und Jimmy gar nicht erst verdächtigt. Aber es hatten nun einmal alle Indizien für ihn gesprochen. Der Totenkopf aus Teelichtern. Das Feuerzeug ... Wenn Franzi es recht bedachte: Ein paar Antworten fehlten ihr tatsächlich noch. »Tut mir leid«, sagte sie deshalb mit fester Stimme, stellte ihr Skateboard neben Jimmy ins Gras und setzte sich darauf, »aber wir dachten, dein Onkel hätte damals das Feuer im Theater gelegt.«
Jimmys Schultern verkrampften sich. »Mein Onkel«, fuhr er Franzi an, »wurde bei dem Feuer schwer verletzt. Er ist gerade noch lebend da rausgekommen. Wusstest du das nicht?«
Franzi starrte Jimmy nur an. »Nein, leider nicht«, gab sie leise zu. Jimmy nickte, seine Augen auf einen kleinen Käfer gerichtet, der gerade an einem Grashalm emporkletterte. Er streckte seine Hand aus und ließ ihn über seinen Zeigefinger krabbeln.
Franzi starrte auf Jimmys Hand und plötzlich formte sich eine Erinnerung in ihrem Gehirn, als würde jemand ein Puzzle zusammensetzen: Kim hatte doch erzählt, dass Klaus Schmitts Hand vernarbt war – wie von einem Unfall. »Du meinst, damals ist das mit seiner Hand passiert?«, fragte sie.
Jimmy nickte finster und ließ den kleinen Käfer auf einen Stein krabbeln. »Seine Hand ist im Feuer verbrannt. Er kann sie bis heute nicht mehr bewegen.« Er senkte den Kopf. »Alle haben ihm damals die Schuld gegeben, weil er mit echten Kerzen geprobt hat. Er hat sich sogar selbst die Schuld gegeben. Aber ich glaube das nicht. Er ist immer so vorsichtig mit allem, er hätte nie so fahrlässig gehandelt.«
Franzi schluckte. Irgendwie glaubte sie Jimmy. Er warf Franzi unter seinen finster zusammengezogenen Augenbrauen einen Blick zu.

»Immer wenn das Feuer sich jährt«, sagte er und deutete auf den Grabstein von Florentin Flemming, »kommt er hierher und versucht, Kontakt aufzunehmen. Er will den Geist von Florentin Flemming um Vergebung bitten für etwas, an dem er keine Schuld trägt. Es nützt nichts, es ihm auszureden. Mein Onkel ist ein gebrochener Mann, Franzi.«

Franzi sah Jimmy betroffen an. »Aber«, versuchte sie noch ein letztes Mal, ihren Verdacht zu rechtfertigen, »warum hast du dann gesagt, das Theater sei nur Kinderkram?«

Zum ersten Mal sah Jimmy ein wenig ertappt aus. »Ihr seid ja echt neugierig. Wo habt ihr das denn gehört? Egal, ich will es gar nicht wissen.« Er seufzte und zupfte wieder einen Grashalm aus. »Keine Ahnung, zuerst hatte ich wirklich keine Lust darauf. War halt eine blöde Strafe. Aber dann …« Jimmy warf Franzi einen Blick zu. Er musste nicht weitersprechen, sie wusste auch so, was er sagen wollte: Aber dann hatte er *Franzi* kennengelernt und es sich anders überlegt. Franzis Wangen wurden warm. »Sagst du nie irgendwas, was du nicht so meinst?«, fragte Jimmy schließlich. Franzi senkte den Kopf. Sie fühlte sich schäbig. Sie hatten einfach voreilige Schlüsse gezogen. Vorsichtig legte sie ihre Hand auf Jimmys Arm. »Es tut mir wirklich leid, Jimmy. Bekomme ich noch eine zweite Chance?«

Jimmy sah die Hand auf seinem Arm einen Moment lang stumm an. Dann schob er sie weg und stand auf. »Wozu?«, sagte er im Weggehen über die Schulter. »Wenn der Sommer vorbei ist, ziehen wir sowieso von hier weg.«

Franzis Herz setzte einen Moment aus. Es war, als wäre ihr Herz ein Gong, und jemand hätte gerade darauf geschlagen. Fest darauf geschlagen. Es tat weh, Jimmy durch die Bäume verschwinden zu sehen. Das Ende des Sommers war noch weit entfernt, aber Franzi spürte, dass es jetzt schon vorbei war: Sie hatte Jimmy verloren. Unwiederbringlich.

Die Stimmung im Hauptquartier der drei !!! war schon lange nicht mehr dermaßen im Keller gewesen. Marie lag auf einem Sitzkissen und starrte trübselig an die Decke, während Kim Mileys Aufnahmegerät auf dem Schoß hielt und das Band zurückspulte. Sie hatte das Kinn in die Hände gestützt und sah kaum hoch, als Franzi hereinkam.
»Na, habt ihr auch so gute Laune wie ich?«, fragte Franzi, ohne eine Antwort zu erwarten. Sie ließ sich neben Marie auf ein Sitzkissen fallen und schlang die Arme um die Knie.
Marie hob den Kopf und sah sie durch eine zerzauste Haarsträhne hindurch an. »Allerdings!« Sie ließ den Kopf wieder zurückfallen. »Ich habe heute schon Riesenstress mit meinem Vater gehabt. Wusstet ihr«, sie griff hinter sich in ihre offene Handtasche und beförderte eine Zeitung zutage, »dass Miley seit heute offiziell gesucht wird?«
Franzi schnappte sich die Zeitung: »Vermisstes Mädchen jetzt deutschlandweit gesucht!« stand dort in großen, schwarzen Lettern. Offenbar war Miley schon seit geraumer Zeit in Berlin als Ausreißerin gemeldet gewesen. Von einem Foto lächelte sie den Betrachter an, Romeo auf dem Arm. Es musste ein Foto aus der Zeit sein, in der sie noch glücklich gewesen war. Franzi ließ die Zeitung sinken. »Lass mich raten, Marie: Dein Vater hat die Zeitung gelesen, Miley erkannt und dir eine Standpauke gehalten?«
»Standpauke ist untertrieben«, sagte Marie düster, schnappte sich ein Kissen und legte es über ihr Gesicht. »Ich habe ihn noch nie so wütend erlebt. Es sei unverantwortlich von mir gewesen, ein vermisstes Mädchen in unserer Wohnung zu verstecken.«
Franzi nickte. »Da hat er sogar recht, aber ... was hätten wir tun sollen? Miley hatte so viel Angst vor ihrem Stiefvater.«
Marie zog die Schultern hoch. »Papa hat gesagt, dass ihre Mutter bestimmt umkommt vor Sorge und dass er das niemandem wünscht. Ich verstehe ihn ja, aber es ist so unfair. Miley hat uns total reingelegt und ich bekomme jetzt auch noch Ärger wegen ihr.«

Franzi nickte traurig. »Und ich habe Jimmy in die Flucht geschlagen, auch wegen ihr. Eine tolle Freundin. Ich verstehe immer noch nicht, warum sie so gemein zu dir war. Zu uns allen ...«
»Achtet mal auf ihren Sprachduktus«, sagte Kim in diesem Moment. Sie hatte sich die ganze Zeit aus der Unterhaltung zwischen Marie und Franzi rausgehalten und stattdessen das Band vor- und zurückgespult, um sich Mileys Geständnis noch einmal genau anzuhören.
»Auf was bitte sollen wir achten?«, fragte Franzi augenrollend. Nicht genug, dass Kim nach allem, was passiert war, immer noch mit diesem blöden Gerät herumfuchtelte, nein, sie warf auch noch mit Fachbegriffen um sich.
»Mit Sprachduktus meine ich ihre Art, zu sprechen«, erklärte Kim ungeduldig. »Hört ihr das?« Sie drückte auf eine Taste und Mileys Stimme drang aus dem Lautsprecher.
Marie verzog das Gesicht zu einer Grimasse. »Muss das sein ...«, murmelte sie.
Aber Kim hörte sie gar nicht: »Da, hört ihr das?«, wiederholte sie und tippte mit ihrem Zeigefinger gegen das Gerät. »Das klingt doch, als würde sie ablesen, oder? Gar nicht wie sie selbst.«
»Woher willst du das wissen, Kim?«, fuhr Marie sie an. Sie hielt es nicht mehr aus. Wütend warf sie das Kissen, das über ihrem Gesicht gelegen hatte, in die Ecke. »Vielleicht klingt sie *genau* wie sie selbst. Weil alles, was sie davor getan oder erzählt hat, eine einzige große Lüge war.« Kim schluckte. Marie war wirklich sauer. Aber man durfte sich von seiner Enttäuschung nicht den Blick vernebeln lassen, und Fakt war, dass Miley sich auf dem Tape seltsam anhörte.
»Aber, Marie, jetzt hör doch mal hin ...«, versuchte Kim es erneut, aber Marie sprang auf und schnappte sich ihre Handtasche. Verärgert knallte sie Kim die Zeitung mit Mileys Gesicht vor die Füße.
»Nein, Kim! Ich höre mir das sicher nicht noch mal an. Mir reicht's.«
Marie drehte sich um und rannte mit wehenden Haaren aus dem

Hauptquartier. Kim sah ihr stirnrunzelnd hinterher. »Sie muss das doch sachlich sehen!«, sagte sie zu Franzi und hob schulterzuckend eine Hand, wie um zu fragen: »Oder etwa nicht?«
Franzi rappelte sich ebenfalls aus dem Sitzen hoch. »Na ja, Kim. Fakt ist: Miley hat gestanden. Wir haben es auf Band.«
Kim schüttelte den Kopf: »Aber es macht alles keinen Sinn. Sie hat eine der vergifteten Pralinen gegessen. Warum sollte sie in ihre eigene Falle tappen? Das wäre doch wahnsinnig unklug.«
Franzi seufzte tief. »Keine Ahnung, Kim. Um von sich abzulenken?«
»Aber«, hob Kim erneut an, doch Franzi unterbrach sie mit einer abwehrenden Handbewegung.
»Kim, du musst den Fall endlich zu den Akten legen. Miley war eine Lügnerin. Wir hätten ihr niemals vertrauen dürfen.«
Kim starrte nur kopfschüttelnd auf das Aufnahmegerät, in ihrem Blick eine Entschlossenheit, die Franzi nur zu gut kannte: Kim Jülich, die Gründerin der drei !!!, hatte sich mit ihrem detektivischen Spür-

sinn in etwas verbissen, und sie würde nicht lockerlassen. »Aber, Franzi«, sagte sie jetzt und tippte noch einmal mit Nachdruck auf das Gerät. »Hast du nicht gehört, wie …«

»Kim!« Kim zuckte zusammen. So laut war Franzi ihr gegenüber schon lange nicht mehr geworden. Sie schien wirklich genervt zu sein.

»Reicht es dir immer noch nicht?«, fuhr Franzi wütend fort. »Jimmy redet kein Wort mehr mit mir! Marie ist total fertig! Was willst du denn noch?«

Kim starrte Franzi mit offenem Mund an, dann klappte sie ihn wieder zu. War sie die Einzige, die hier noch einen kühlen Kopf bewahrte?

»Franzi, jetzt warte doch mal!«, rief sie, als ihre Freundin wütend aus dem Hauptquartier stapfte. Aber Franzi wartete nicht.

Kim war allein. Allein mit sich und den Materialien zum einzigen ungelösten Fall in der Geschichte ihres Detektivbüros. Eine größere Niederlage hatten sie wirklich noch nie einstecken müssen. Kim schaltete den Rekorder mit einem Seufzen aus.

Die nächsten Wochen zogen an Kim vorbei wie ein Film: Es war genau, wie Robert Wilhelms es angekündigt hatte. Die Show ging weiter. Die Totenköpfe auf dem Bühnenbild wurden überpinselt, die zerstörten Kostüme von Marie zusammengeflickt. Sie schien sich dieser Aufgabe geradezu verbissen anzunehmen, als könne sie darüber Miley und ihren Verrat vergessen.

In den Proben legte Marie alles, was sie hatte, in ihre Rolle und sang so gut wie nie. Es war, als würde sie ihre Wut kanalisieren und daraus Kraft für ihre Rolle schöpfen.

Franzi hatte es nicht so leicht: Seit der Sache mit Jimmy machte es absolut keinen Spaß mehr, am Bühnenbild zu arbeiten. Jimmy sprach tatsächlich kein Wort mehr mit ihr. Jedenfalls nichts, was über »Gib mir mal den Pinsel« oder »Hast du noch grüne Farbe?« hinausging. Franzi und er waren plötzlich wie zwei Fremde, und das tat nach all

den Wochen, in denen sie sich so gut verstanden hatten, wirklich weh.
Kim indessen hatte immer noch Ärger mit Michi, der ihr den Kuss mit Robin noch nicht verziehen hatte. Kim konnte sich nach wie vor nicht erklären, warum aus dem gespielten Theaterkuss plötzlich ein beinahe echter Kuss geworden war. War es, weil sie sich so sehr gewünscht hatte, eine romantische Rolle zu spielen? Wieso verstand Michi nicht, dass sie doch immer nur an ihn dachte! Sie hatte doch gewollt, dass *er* Peter Pan spielte, nicht Robin. Trotzdem wich Michi ihr aus, wenn sie sich auf dem Gang trafen, und wenn sie versuchte, ihn abends anzurufen, war er nie zu erreichen.
Kim verbrachte ihre Tage damit, durch die Probeszenen zu gleiten wie auf Watte. Sie beherrschte zwar ihre Rolle im Schlaf, aber es war, als stünde da eine andere Kim und sagte den Text für sie auf, mechanisch wie eine Puppe. Ja, sie hielt den Fall immer noch für ungelöst. Miley hatte gestanden, doch Kim war nach wie vor unsicher. Zu viel sprach dagegen. Aber wenn die beiden anderen Ausrufezeichen ihr nicht glaubten, was nützte es dann?

Kim trat eines Nachmittags ins Hauptquartier und ließ ihren Blick über die Fotos der Verdächtigen gleiten. Mit alledem sollten sie so dermaßen auf dem Holzweg gewesen sein? Kim konnte, sie *wollte* es nicht glauben. Ihre Detektivehre ließ es nicht zu, und trotzdem, was hatte sie für eine Wahl? Miley hatte gestanden, der Fall hatte sich – peinlicherweise – von selbst gelöst, und jetzt blieb den drei !!! nur noch eines: den Fall zu den Akten zu legen.
Seufzend begann Kim, die Zeitungsausschnitte von den Wänden zu nehmen. Sie zog die Stecknadeln heraus, strich das Papier glatt und legte alles fein säuberlich in eine Box. Sie stellte die Spieldose mit dem Springteufel-Krokodil hinein, neben die kleinen Plastiktütchen, in denen die Beweisstücke vom Tatort aufbewahrt wurden. Plötzlich

blieb ihr Blick an einer der Tüten hängen. Etwas glitzerte darin. Kim nahm die Tüte heraus und hielt sie ins Licht: Es war der silberne Totenkopfring von Jimmys Onkel, den sie bei dem Kreuz im Wald gefunden hatten. Kim überlegte einen Moment. Dann fasste sie einen Entschluss.

Böse Überraschungen

Die Hafenkneipe lag im Dämmerlicht. In der Ferne flackerte es, irgendwo über den Hügeln jenseits der Stadt schien sich ein Sommergewitter zu entladen. Eine sanfte, warme Brise fuhr durch Kims Haar, als sie unter dem Schild »Zum singenden Hummer« hindurchging und die Hafenkneipe betrat. Muffige Luft und der Geruch nach Bratfett schlugen ihr entgegen. Kim schlich sich am Tresen vorbei, hinter dem Hein gerade mit dem Koch über die Speisekarte diskutierte, und betrat das Hinterzimmer. Es war nur ein Gefühl von ihr gewesen, aber sie hatte Glück: Klaus Schmitt war da. Er saß an seinem angestammten Platz am Klavier und ließ die Finger seiner unversehrten Hand über die Tasten klimpern. Auf dem Klavier flackerten wieder die Kerzen, zur Hälfte heruntergebrannt. Kim musste daran denken, was Jimmy Franzi erzählt hatte: Klaus Schmitt hatte auch früher im Theater gerne bei Kerzenschein geprobt. Das war ihm schließlich zum Verhängnis geworden ... Wie würde der vergrämte alte Kauz reagieren, wenn Kim ihn gleich ansprach? Sie wollte es sich nicht ausmalen. Am besten brachte sie es schnell hinter sich. »Herr Schmitt«, sagte sie und räusperte sich gleich darauf, weil ihre Stimme dünn klang und so nervös, wie sie sich fühlte. »Haben Sie einen Moment Zeit für mich?«

Klaus Schmitts Hand erstarrte mitten im Spiel und verharrte über der Tastatur. Er drehte sich um und musterte Kim stumm aus seinen traurigen, blauen Augen. Kim lief ein Schauer über den Rücken. Langsam trat sie vor und legte den Totenkopfring auf den Rand des Klaviers. »Ich glaube, der gehört Ihnen«, sagte sie schüchtern.

Klaus Schmitt starrte den Ring stumm an. Sein Unterkiefer mahlte ganz sachte, als hätte er Mühe, sich im Zaum zu halten. Dann schloss er seine Faust um den Ring, so fest, dass seine Fingerknöchel weiß hervortraten. Kim nickte und wollte gerade schon wieder den Rückzug antreten, als eine tiefe, raue Stimme sie mitten in der Bewegung einfrieren ließ: »Pass auf, Mädchen.« Es war Klaus Schmitt. Kim drehte sich langsam wieder zu ihm um. Sein Blick war nun ernst auf sie gerichtet, seine Augenbrauen zusammengezogen. Er sah ein bisschen aus wie Jimmy, dachte Kim unwillkürlich, wenn er Franzi einen seiner wütenden Blicke zuwarf. »Ihr Kinder«, fuhr Klaus Schmitt fort und deutete mit seiner gesunden Hand auf Kim,

»legt euch mit Mächten an, denen kein lebender Mensch gewachsen ist.«
Kim blinzelte verwirrt. Kein Zweifel: Klaus Schmitt warnte sie gerade vor einem *Geist*. Genau dem Geist, vor dem er seit Jahren Angst hatte und den er regelmäßig beschwor, um ihn zu besänftigen. Dem Geist von Florentin Flemming. Kim fasste sich ein Herz, ihre Neugier war mal wieder stärker als ihre Furcht. Sie zog sich einen Stuhl heran und setzte sich neben Klaus Schmitt an das Klavier. »Wollen Sie mir von ihm erzählen?«, fragte sie behutsam.
»Von Florentin Flemming?« Klaus Schmitt schüttelte heftig den Kopf. »Von Wollen kann keine Rede sein«, sagte er leise. »Aber weißt du was? Ich erzähle es dir trotzdem. Ich habe da so ein Gefühl, dass du mich vorher nicht in Ruhe lassen wirst. Jimmy hat mir von euch erzählt und von eurem Detektivclub.«
Kim senkte den Kopf, betrachtete ihre Fingernägel. Dann hatte Jimmy ihm sicher auch erzählt, dass sie ihn verdächtigt hatten. Wenn es so war, ließ Klaus Schmitt sich zumindest nichts anmerken.
»Du fragst dich sicher, warum ich so oft vor dem Theater gestanden und die Tür beobachtet habe«, hob Klaus Schmitt an. Er nahm einen Schluck aus seinem Whiskeyglas. Kim nickte, ermunterte ihn damit, weiterzureden. »Die Wahrheit ist: Ich habe mir einfach Sorgen um meinen Jungen gemacht. Jimmy. Deshalb wollte ich das Theater im Auge behalten. Natürlich habe ich immer Abstand gehalten, bin nie über die Schwelle getreten. Das habe ich seit 15 Jahren nicht mehr getan, und das habe ich auch in Zukunft nicht vor.«
»Warum?«, fragte Kim leise.
Klaus Schmitt nahm wieder einen Schluck aus seinem Glas, dann starrte er düster hinunter in die goldbraune Flüssigkeit. »Warum? Es klingt verrückt, aber ich glaube, dass der Geist von Florentin Flemming immer noch dort ist. Ich weiß es, ich spüre es.« Die Kerzen auf dem Klavier begannen zu flackern. Plötzlich schien es, als würde die

Temperatur im Raum absinken, als wäre ein Geist in ihre Mitte getreten. Kim schlang fröstelnd die Arme um den Körper. Das konnte nur der Wind sein, der durch die angelehnte Hintertür hereinwehte. Es gab schließlich keine Geister. Oder …?
Klaus Schmitt schien zumindest anderer Ansicht zu sein. »Florentin war eine sensible Seele«, fuhr er fort und klimperte gedankenverloren ein paar Takte auf dem Klavier. »Sie hätten ihn damals nach der Premiere von *Peter Pan* nicht entlassen dürfen, das hat er nicht verkraftet.«
Kim runzelte die Stirn. Diese Information war ihr neu. Sie rückte näher an Klaus Schmitt heran. »Er hat seine Rolle verloren? Warum?«, fragte sie neugierig.
Klaus Schmitt seufzte tief. »Es war die Premiere«, sagte er schließlich, mit düsterer Stimme. »Er hatte Lampenfieber, hat keinen Ton rausgekriegt. Die Zuschauer haben ihn ausgelacht. Na ja, deshalb hat er seinen Job verloren. Ein Schauspieler, der auf der Bühne herumstammelt? Wer will das schon sehen? Zwei Tage später war dann das Feuer, und er … er ist leider nicht mehr rausgekommen.«
Kim sah ihn mitleidig an. »Und seitdem gehen Sie zu seinem Grab«, stellte sie fest.
Klaus Schmitt runzelte die Stirn. »Seinem Grab?« Er sah sie einen Moment lang irritiert an, dann schien der Groschen zu fallen. »Ach so, du meinst diese Stelle im Wald? Wo du den Ring gefunden hast? Oh nein, das ist kein Grab. Nur ein Gedenkstein. Der hier«, er legte den Totenkopfring vor Kim auf die Tastatur des Klaviers, »hat ihm gehört. Er ist alles, was man nach dem Brand von ihm gefunden hat. Ich bin damals mit einem blauen Auge davongekommen. Na ja, und einem Arm weniger.« Klaus Schmitt lachte finster. »Aber er? Er hat es nicht geschafft. Sein Ring soll mich immer daran erinnern, wie viel Glück ich hatte.« Klaus betrachtete den Ring nachdenklich, in seinen Augenwinkeln glitzerten Tränen. Er wischte sie unwirsch mit dem Handrücken weg.

Kim wusste, dass sie genug gehört hatte: Klaus hatte sich überwunden, ihr von Florentin erzählt und dafür tief in alten, schmerzhaften Erinnerungen gegraben. Jetzt war es an der Zeit, ihn in Ruhe zu lassen. Kim stand auf. »Vielen Dank, dass Sie mir davon erzählt haben«, sagte sie leise. Sie fuhr mit der Hand in ihre Hosentasche und zog einen zusammengefalteten Flyer heraus, der für ihr Theaterstück warb. »Vielleicht wird es Zeit für Sie, das Theater in einem neuen Licht zu sehen? Neu anzufangen?« Kim legte den Flyer behutsam vor Klaus Schmitt auf das Klavier. »Ich würde mich jedenfalls sehr freuen, wenn Sie zur Premiere kämen.«

Klaus starrte den Flyer einen Moment lang mit glasigen Augen an. Er streckte die Hand aus, schien ihn nehmen zu wollen, aber dann schob er ihn nur zur Seite. »Ihr hättet die Vergangenheit ruhen lassen sollen, Mädchen«, sagte er düster und wandte Kim wieder seinen breiten, gramgebeugten Rücken zu. »Das wäre besser gewesen. Für uns alle.« Klaus legte seine Hand auf die Tasten und klimperte wieder das *Lied der Träume*.

Kim biss sich auf die Unterlippe. Sie konnte ihn nicht zwingen. Langsam drehte sie sich um und trat den Rückweg an. Klaus Schmitts Worte hallten in ihren Ohren nach: »Ich glaube, dass der Geist von Florentin Flemming immer noch dort ist. Ich weiß es, ich spüre es …«

Kim rollte Klaus Schmitts Worte noch lange in ihrem Gehirn herum, wie Zahnrädchen. Irgendwie mussten die einzelnen Teile ineinandergreifen, aber sie wusste noch nicht, wie. Abwesend stromerte sie bei der Generalprobe am Tag vor der großen Premiere über die Bühne. Robert Wilhelms hatte wieder eine Theaterübung angeordnet. Die Jugendlichen liefen kreuz und quer über die Bühne, und wann immer sie sich trafen, klatschten sie sich mit beiden Händen ab. Kim schlug abwesend bei Paula, Luise und Franzi ein. Als plötzlich Michi vor ihr stand, erwachte sie für einen Moment aus ihrer Trance. Hoffnungsvoll hob sie die Hände, aber Michi sah sie nur beleidigt an und drehte sich weg. Er hatte ihr *immer* noch nicht verziehen. Kim seufzte. Sie wusste ja, dass Michi sehr nachtragend sein konnte, aber dieses Mal dauerte die Funkstille ungewöhnlich lange. Hatte dieser blöde Kuss etwa ihre Beziehung aufs Spiel gesetzt?

»Schlag ein!« Plötzlich stand Marie vor Kim und hob auffordernd ihre Hände. Kim schlug lustlos ein. Im selben Moment hörte sie ein merkwürdiges Geräusch. Es schien aus weiter Ferne zu ihnen herüberzuwehen, durch die Gänge, durch die Wände. Ein hohes Heulen. Es klang genau wie: »Romeo!«, flüsterte Kim und packte Marie am Arm, die gerade bei Luise einschlagen wollte. »Hast du das eben gehört? Das klang genau wie Romeo.«

Marie lauschte, dann zuckte sie mit den Schultern. »Vielleicht nur der Wind?«, sagte sie und schlug endlich bei Luise ein, die die ganze Zeit mit erhobenen Händen auf sie gewartet hatte.

Kim schüttelte den Kopf. Hatte sie sich das nur eingebildet? Oder war Romeo noch irgendwo hier? Und wenn er noch hier war: Bedeutet es dann, dass auch Miley ebenfalls …?

»Peter Pan war ein hübscher Junge«, riss Robert Wilhelms sie in diesem Moment aus ihren Gedanken. Er sprang vor die Jugendlichen und breitete die Arme aus. »Das Schönste an ihm war aber, dass er noch all seine Milchzähne hatte.« Wilhelms bleckte sein Gebiss, das nicht mehr im besten Zustand war. Alle kicherten, Verena rutschte sogar ein leises »Sicher nicht!« heraus.

Wilhelms wurde schlagartig ernst. »Pscht«, rief er in das Gelächter der Kinder hinein. »Kinder, Kinder! Morgen ist der große Tag. Unsere Premiere. Sie ist der wichtigste Tag für einen Schauspieler. Sie kann einen in den Himmel heben«, Wilhelms starrte einen Moment an die Decke und wurde dann schlagartig so laut, dass alle zusammenzuckten, »oder am Boden zerschmettern!«, schrie er, seine Augen funkelten wild. Doch als er die erschrockenen Gesichter um sich herum sah,

lachte er gleich beschwichtigend auf. »Aber kein Druck, kein Druck«, rief er fröhlich. »Wir sind alle hier, um Spaß zu haben.«
»Kim Konstanze Jülich!«, peitsche plötzlich eine Stimme durch den Saal. Kim wurde von einer Sekunde auf die andere eiskalt. Das durfte nicht wahr sein. Bitte, sagte Kim stumm in ihren Gedanken, lass es eine optische Täuschung sein. Aber es bestand kein Zweifel: Es war ihre Mutter, die schäumend vor Wut die Seitentreppe zur Bühne herunterkam, in ihrer Hand die grüne Schirmkappe schwenkend, die Kim vor einigen Wochen in der Brombeerhecke entsorgt hatte. Kim schloss gequält die Augen, als Frau Jülich sich vor der Bühne aufbaute. Alle, einschließlich Robert Wilhelms, starrten sie überrascht an.
»Kim – Konstanze – Jülich!«, wiederholte Frau Jülich gefährlich leise und stieß bei jedem Namen mit ihrem Zeigefinger in Kims Richtung. Kim löste sich aus der Gruppe und kam widerwillig auf sie zu.
»Wie hast du mich gefunden?«, fragte Kim kleinlaut.
»Deine Brüder sind im Kreuzverhör gebrochen«, gab Frau Jülich kalt zurück. Sie sah ihre Mutter flehend an, aber die kannte keine Gnade. »Du hältst dich wohl für sehr schlau, Kim Jülich. Los, zack. Ab nach Hause.« Sie winkte sie knapp zu sich her.
Marie schnappte hinter Kim nach Luft. Sie trat vor. »Aber wir haben doch morgen Premiere«, rief sie.
Frau Jülich deutete mit einem gespielt freundlichen Lächeln auf sie. »Richtig, Marie. Wenn Kim zum ersten Mal ihr Mathebuch aufschlägt, das wird eine ganz großartige Premiere.«
Kim hasste es, wenn ihre Mutter in Streitsituationen sarkastische Witze machte. »Kinder haben das Recht auf persönliche Entwicklung! Artikel 6!«, sagte Kim in einem vergeblichen Versuch, ihre Mutter mit Argumenten zu überzeugen. Natürlich hatte sie keine Chance.
»Du hast jetzt das Recht, zu schweigen, Kim«, sagte Frau Jülich finster und hörte sich dabei an wie eine Polizistin aus einem Krimi, die eine Schwerverbrecherin abführte.

»Aber, Frau Jülich!« Franzi versuchte ebenfalls, Kim beizustehen, doch Frau Jülich unterbrach sie sofort: »Du hast ebenfalls das Recht, zu schweigen, Franziska Winkler.«
Franzi verstummte.
Mit einer ruckartigen Bewegung setzte Frau Jülich Kim nun die Mathecamp-Kappe auf und führte sie durch den Zuschauersaal ab, wie eine Verbrecherin. Kim warf noch einen letzten traurigen Blick über die Schulter, aber es war vorbei.
»Oh nein«, sagte Verena leise. »Das gibt es doch nicht.« Franzi und Marie sahen sie überrascht an: Hatte Verena wirklich Mitleid mit Kim? Aber im nächsten Moment wurden sie schon eines Besseren belehrt: »Wer soll denn jetzt Wendy spielen? Wie sollen wir *Peter Pan* aufführen ohne Wendy?« Natürlich ging es Verena nur um das Stück. Aber auch Marie zog nun besorgt die Augenbrauen zusammen: Sie hatte recht. Wenn Kim ausfiel, war das ganze Stück in Gefahr.
Robert Wilhelms sah an die Decke. »Katastrophe«, sagte er. »Riesenschlamassel. Unsere Wendy, abgeführt am Tag vor der Premiere. Wir brauchen bis morgen einen Ersatz. Wer von euch hat noch keine Rolle?« Alle sahen sich um: Verena spielte Hook, Luise und Jasmin spielten Piraten, ein Mädchen mit schwarzen Zöpfen war bereits für Miley eingesprungen. Jeder hatte eine Rolle, bis auf …
»Nein. Nein, nein, nein«, rief Franzi, als alle Blicke auf ihr landeten. Sie wollte nicht im Rampenlicht stehen, sie wusste, dass sie vor lauter Nervosität kein Wort rausbringen würde. Sie würde stammeln und sich lächerlich machen. Aber Wilhelms schien es für eine gute Idee zu halten, Franzi zur neuen Wendy zu machen.
»Doch«, sagte er und deutete auf sie, Wahnsinn in seinem Blick. Franzi sah in die Runde, in all die erwartungsvollen Gesichter und schluckte schwer: Es sah ganz so aus, als hätte sie keine Wahl. Sie war ihre letzte Hoffnung.

Das Phantom ist zurück

Marie hatte die ganze Nacht kein Auge zugetan. Nicht nur wegen Kim, die auf keine ihrer SMS mehr reagierte (ihre Mutter hatte vermutlich ihr Handy beschlagnahmt), sondern auch wegen der Premiere. Sie spielte eine wichtige Rolle und viele Szenen hingen von ihrem Auftritt ab. Marie hatte extra vor dem Schlafengehen einen Kamillentee für ihre Stimme getrunken. Dabei war sie ihrem Vater, der immer noch nicht gut auf sie zu sprechen war, tunlichst aus dem Weg gegangen. Eigentlich war der Freitag immer ihr Vater-Tochter-Abend, an dem sie sich gemeinsam einen Krimi ansahen oder einfach nur redeten. Nicht an *diesem* Freitag. Marie hatte sich mit der Teetasse in ihr Zimmer verzogen, eine Gurkenmaske aufgelegt und ihren Text geübt, bis sie darüber eingeschlafen war.

Marie hatte viel Text: Tinkerbell, die freche Fee, war in vielen Theaterfassungen von *Peter Pan* eine stumme Rolle. Nicht so in dieser. Im Gegenteil, Marie musste in den meisten Szenen sprechen *und* singen. Manchmal wünschte sie sich, sie hätte so ein gutes Gedächtnis wie Kim, die am ersten Tag schon ihre komplette Rolle auswendig gekonnt hatte. Nicht, dass ihr das jetzt noch etwas nützte … Marie sah auf ihren Wecker: Es war noch früh, ungewöhnlich für sie, die gerne lange in den Federn lag. Aber die Aufregung ließ sie nicht still liegen. Marie strampelte ihre Decke weg, kämmte sich das Haar und packte ihr Textbuch und ihre Schminkutensilien ein. Sie würde jetzt gleich ins Theater fahren und noch eine Extraprobe einlegen, bevor die anderen kamen und sich auf den großen Abend vorbereiteten. Sie schnappte sich einen Apfel aus der Küche und schoss zur Tür hinaus, kurz bevor im Schlafzimmer ihres Vaters der Wecker klingelte. Es war vielleicht besser, dass sie sich heute Morgen nicht über den Weg liefen. Marie schloss ihr Fahrrad auf und radelte durch die morgendlichen Straßen.

Als sie den Wald erreichte, schien irgendetwas anders zu sein als sonst. Es war merkwürdig still, kein Blättchen regte sich. Eine seltsame Stimmung schien über allem zu liegen. Vielleicht lag es daran, dachte Marie, dass sie noch nie um diese Uhrzeit hier gewesen war. Die dunklen Fenster des Theaters sahen aus wie Augen, die ihr verschlafen entgegenblinzelten. Es war beinahe so, als würde sie seine Ruhe stören. »Reiß dich zusammen«, sagte sie leise zu sich selbst. »Es ist nur ein altes Theater. Du bist allein hier, aber nicht mehr lange, bis die anderen kommen.« Sie verschaffte sich mit ihrem Dietrichset Einlass.

Es war seltsam, so ganz allein durch das leere Foyer und den Zuschauersaal zu gehen, als gehöre das Theater nur ihr. Wäre es nicht merkwürdig, hier zu leben?, dachte sie unwillkürlich. Ganz allein, in diesem verwunschenen Haus voller Geschichten?

Sie betrat die Bühne, ließ ihre Tasche am Rand zu Boden gleiten und nahm ihr Textbuch heraus. Leise murmelnd ging sie über die knarrenden Bretter und prägte sich die Zeilen ihrer ersten Szene noch einmal gut ein. Sie las sie zuerst ab, dann legte sie den Kopf in den Nacken und sprach sie aus dem Gedächtnis nach. Auf einmal hörte sie ein Geräusch. Sie erstarrte. War da etwa noch jemand früher ins Theater gekommen? Aber wie war er oder sie hereingekommen? Niemand außer Jimmy und Wilhelms hatte einen Schlüssel. Geschweige denn ein

Dietrichset. Marie beschloss, nachzusehen. Sie ging durch die Kulissen und stieg die Treppe hinunter zur Künstlergarderobe.

»Hallo?«, rief sie auf halbem Weg. »Ist da jemand?« Sie hörte ein Rascheln, das sofort wieder verstummte. Hatte sie jemanden ertappt? Wieso antwortet ihr keiner? War vielleicht ein Tier in der Umkleide, ein Maus oder eine ... Ratte? Marie schüttelte sich. Das Theater war alt und voller kleiner Verstecke, in denen sich viele Tiere vor den Eingriffen von Kammerjäger Koslowski verstecken konnten. Vorsichtig schob Marie den Vorhang im Durchgang zur Garderobe beiseite und steckte ihren Kopf hindurch. »Hallo?«, rief sie noch einmal. »Ist da ...« Sie verstummte. Ihr Mund klappte auf. Wie versteinert starrte sie ans andere Ende der Garderobe, dorthin, wo sich der große Ganzkörperspiegel befand. Jemand hatte ihn beiseite geklappt, wie eine Tür. Marie trat neugierig näher und spähte in die Dunkelheit dahinter. Ein Geheimgang! Er war die ganze Zeit hier gewesen. Marie zog ihr Handy aus der Tasche, um Kim anzurufen, aber sie ging nicht ran.

Marie fluchte leise und wählte stattdessen Franzis Nummer. »Geh ran, geh ran«, murmelte sie leise. Plötzlich fiel ein dunkler Schatten über sie. Marie fuhr herum. Sie atmete heftig ein, als der Schatten sich über ihr zu seiner vollen Größe aufrichtete. »Was?«, hauchte sie. »Aber das gibt es doch nicht.«

Einige Stunden später stromerte Franzi hinter dem geschlossenen Vorhang über die Bühne und zupfte unglücklich am Kragen von Wendys Kostüm herum. Sie hielt ein Textbuch in der Hand und versuchte vergeblich, sich ihre neue Rolle einzuprägen. Einen Tag vor der Premiere noch Text lernen zu müssen war wirklich eine Zumutung! Franzi schloss die Augen und sprach den Text leise nach: »Oh, wie gerne würde ich fliegen …« Sie stockte und schielte auf das Textbuch. »Peter. Er heißt Peter, Franzi«, sagte sie zu sich selbst und verdrehte die Augen. Na toll: Das Stück hieß *Peter Pan* und sie konnte sich nicht einmal den Namen »Peter« merken. Das *konnte* ja nur schiefgehen. Paula, die am Bühnenrand saß und sich Notizen auf Karteikarten machte, warf Franzi einen mitleidigen Blick zu. Sie war sehr sensibel und merkte gleich, dass Franzi nervös war. »Alles okay?«, fragte sie. Franzi ließ die Schultern kreisen. »Sehe ich so aus?«, jammerte sie. »Ich meine, diese ganze Theatersache war Maries und Kims Idee. Und wer ist jetzt hier, als Einzige? In einem kratzigen Kleid? Ich!« Franzi sah über Paulas Schulter und scannte die Bühne mit ihrem Blick ab: Verena schminkte Jasmin, Robin übte mit seinem Degen. Von Marie keine Spur. Dabei hätte sie ihre Unterstützung jetzt so dringend gebrauchen können. »Ich rufe sie an, mir reicht es jetzt«, murmelte Franzi. Sie zog ihr Handy hervor und wählte Maries Nummer. Dabei lief sie die Treppe hinunter zur Garderobe, unglücklich an ihrem Kragen zerrend. Irgendwie saß der viel zu eng! Franzi stellte sich vor den großen Ganzkörperspiegel und wartete, dass das Freizeichen am anderen Ende der Leitung einsetzte. Da, endlich: ein leises

Tuten. »Okay, Marie. Geh ran, geh ran…«, murmelte Franzi nervös und zuckte zusammen, als es genau neben ihr klingelte. Es war Maries aktueller Klingelton, der neue Hit von den *Boyzzzz*. Franzi runzelte die Stirn. Wie seltsam! Marie war nicht hier. Warum klingelte dann ihr Handy? Franzi ging in die Knie und sah unter eine Bank. Maries rosafarbenes Smartphone lag halb unter einem Kostüm verborgen und klingelte fröhlich vor sich hin, während von Marie nichts zu sehen war. Sie musste hier gewesen sein. Was nur bedeuten konnte, dass etwas passiert war …

Franzi schluckte, dann wählte sie Kims Nummer. Hoffentlich hatte Frau Jülich ein Einsehen gehabt und ihr zumindest ihr Handy wiedergegeben.

Leider war dem nicht so: Kims Handy klingelte zwar, aber da es sich in Frau Jülichs Obhut befand, ging natürlich keiner ran. Kim selbst saß in ihrem Zimmer und schrieb, versteckt hinter einem Stapel Mathebüchern, mit Bleistift in ihr geheimes Notfalltagebuch.

Geheimes Detektivtagebuch von Kim Jülich
Samstag, 17 Uhr

So fühlt es sich also an, wenn man im Gefängnis sitzt. Kein Wunder, dass Klaus Schmitt nach seinen drei Jahren so fertig war! Eingekerkert in einem kleinen Zimmer, bei Wasser und Brot … Na gut: einem Glas Milch und Keksen. So viel Mitleid hatte meine Mutter dann doch mit mir.

Wie soll ich bitte lernen? Erstens: Ich darf nicht bei unserem Stück mitmachen und bin deshalb traurig. Zweitens: Der ungelöste Fall ruft nach mir. Ich habe Romeo gestern bei der Probe ganz deutlich gehört. Er ist noch da, irgendwo in den Gängen, vielleicht sogar wieder in der alten Archivkammer. Wenn ich mein Handy hätte, könnte ich zumindest Marie oder Franzi bitten, dort nachzusehen. Aber nein, meine Mutter hat wirklich an alles gedacht. Meinen Laptop hat sie auch weggeschlossen. Immerhin können jetzt meine Brüder mit ihren klebrigen Flossen nicht mehr dran. Die sahen ganz schön schuldbewusst aus, als Mama mich gestern hier abgeliefert hat. Fast so, als täte es ihnen leid, mich verpetzt zu haben.

»Wir hatten keine Chance«, hat Ben später durch das Türschloss geflüstert, »Mama hat deine Kappe im Gebüsch gefunden, sie hat alles geahnt.«

Ich habe ihnen daraufhin befohlen, mich in Frieden zu lassen. Für immer und ewig!

Fest steht jedenfalls: Romeo ist noch da, Miley vermutlich auch, und das wirft eine große Frage auf. Warum? Warum hat sie die Tat gestanden? Die Rechnung geht nicht auf.

Klaus Schmitt hat früher Peter Pan gespielt, kurz nachdem Florentin Flemming die Rolle verloren hat. Kann es ein Zufall sein, dass das Theater kurz danach brannte, oder wollte Florentin sich rächen? Hat er den Brand gelegt? Aber wenn ja: Wie konnte er dann selber darin umkommen? Da hätte er sich wirklich dumm anstellen müssen. Es sei denn, und hier kommt der Totenkopfring ins Spiel, es sei denn: Florentin Flemming ist wirklich immer noch da …

Kim Jülich, denkst du, was ich denke? Ja, Tagebuch, ich habe einen Verdacht und ich muss dringend ins Theater. Wenn ich richtigliege, treibt das Phantom immer noch sein Unwesen. Was hat es noch gleich auf unser Bühnenbild geschmiert? »Tick, tack, die Zeit läuft ab«? Irgendetwas sagt mir, dass das keine leere Drohung war. Wenn Mama das nächste Mal in den Gartenschuppen geht, um Wasser für die Rosen zu holen, klettere ich aus dem Fenster. Kim Jülich lässt sich von nichts und niemandem aufhalten!

Das Theater lag im abendlichen Lichterglanz, als Kim durch den Park auf das Portal zurannte. Michi stand in einer roten Livree am oberen Treppenabsatz und riss die Eintrittskarten ab, die die festlich gekleideten Theaterbesucher ihm reichten. Männer in Anzügen, Frauen in Roben und kleine Mädchen in feinen Kleidern: Kim sah in ihren Alltagskleidern auffällig normal aus. Sie schob sich durch die Menge, ignorierte Michis verdutzten Blick und eilte durch das Theater zur Künstlergarderobe, wo die Nachwuchsschauspieler sich gerade für den Auftritt umzogen. Franzi saß ganz am anderen Ende vor dem Spiegel und starrte vor sich hin. »Franzi!« Kim lief auf sie zu.

Franzi hob überrascht den Kopf. »Kim! Wie kommst du denn hierher?«
Kim hielt atemlos vor ihr an, ihre Hände auf den Knien abstützend. »Egal. Franzi, ich habe einen Verdacht. Wir müssen noch mal ins Archiv. Wo ist Marie?«
Kim sah sich suchend um, aber Franzi schüttelte nur düster den Kopf und hob dann Maries Smartphone hoch. »Sie ist nicht hier. Aber ich habe das hier unter der Bank gefunden.« Kim kniff misstrauisch die Augen zusammen. »Was? Marie würde nie zu spät zur Premiere kommen. Sie ist ein Profi und das Theater ist ihr wichtig!«
»Und«, fiel Franzi ihr ernst ins Wort, »sie würde nie ihr geliebtes Smartphone irgendwo liegen lassen. Kim, ich glaube, da ist was passiert.« Kim nickte düster. »Und ich weiß auch schon, wer dahintersteckt. Das Phantom! Komm mit!«
»Was?« Franzi hatte Mühe, mit Kim Schritt zu halten, als diese durch den Gang vor der Künstlergarderobe stürmte.
»Marie muss das Phantom überrascht haben«, rief Kim über die Schulter. In Gedanken war sie schon drei Ecken weiter, kein Wunder also, dass Franzi ihr nicht so recht folgen konnte:
»Moment, aber Miley wird doch überall gesucht. Sie würde es nicht riskieren, noch mal zuzuschlagen.«
»Ich glaube nicht, dass Miley das Phantom ist.« Sie hatten nun die Stelle im Gang erreicht, an der sich die geheime Tapetentür befand. Kim tastete die Wand ab, drückte gegen den Mechanismus und die Tür schwang auf.
Franzi konnte gar nicht so schnell gucken, wie Kim durch den Spalt in die Dunkelheit geklettert war. »Kim, warte auf mich«, rief sie. Sie hätte nie gedacht, dass sie diese Worte einmal sagen würde. Normalerweise war sie es immer, die alle anderen abhängte.
Kim schien wirklich eine heiße Spur zu haben. »Komm schon, Franzi!«, rief sie durch die Dunkelheit.

»Renn du mal in diesem blöden Kostüm«, gab Franzi zurück. Sie raffte den blauen Rock und beeilte sich, Kim zu folgen. Sie erreichten die metallenen Sprossen und stiegen hinauf zur Archivkammer, in der ein funzeliges Licht brannte. War dort oben wirklich jemand? Franzis Herz klopfte, als sie Kims Füße über den oberen Rand verschwinden sah.

»Kim, pass auf!«, rief Franzi. Sie zog sich über den Rand in die Archivkammer. Kim war bereits dabei, die Bilder umzudrehen, die überall an den Wänden lehnten. Auf ihnen waren all die Schauspieler abgebildet, die früher hier aufgetreten waren. »Kim, was machen wir hier?«, fragte Franzi verwirrt.

»Die Porträts«, gab Kim nur knapp zurück. »Such nach Florentin Flemming.« Als Franzi sich nicht rührte, wedelte sie ungeduldig mit ihrer Hand. »Mach schon, komm.«

»Florentin Flemming? Der Typ, der damals im Feuer gestorben ist? Warum suchen wir nach ihm?«, wollte Franzi wissen. Sie hasste es, wenn Kim in ihren »Detektivrausch« geriet und es nicht mehr für nötig hielt, irgendwem irgendetwas zu erklären.

»Ich erkläre es dir, wenn du ihn gefunden hast, okay? Jetzt mach schon!«, rief Kim ungeduldig, sah sich das Porträt einer Dame in einem weißen Kleid an und warf es achtlos beiseite.

Franzi seufzte. »Würde nur gern wissen, wie uns das hilft, Marie zu finden«, murrte sie und nahm ein Porträt hoch, das an einem Bücherregal gelehnt hatte. Im selben Moment erstarrte sie: Hinter dem Regal, versteckt zwischen vergilbten Büchern, kauerte keine andere als …

»Miley!« Franzi trat einen Schritt zurück. »Du bist noch da?«

Kim fuhr herum. Gemeinsam gingen sie und Franzi um das Regal, wo Miley sich aus der Hocke aufrichtete und verlegen die Hände rang.

Franzi schüttelte den Kopf. »Ich dachte du bist wieder weggelaufen, nachdem du …« Franzi schien plötzlich wieder einzufallen, was Miley

getan hatte, und sie wurde wütend: »... nachdem du *gestanden* hast! Warum hast du es getan, Miley?«
Miley zog ein wenig den Kopf ein.
Kim war indessen schon wieder auf einem ganz anderen Dampfer: »Ich wusste doch, dass ich Romeo gestern bei der Probe heulen gehört habe«, rief sie.
Miley, die sich gerade vor Franzi hatte erklären wollen, riss die Augen auf. »Du hast ihn gehört?«, rief sie und packte Kim aufgeregt am Arm. »Wann? Wo? Weißt du, ob es ihm gut geht?«
Franzi und Kim wechselten einen überraschten Blick. Romeo und Miley waren nicht zusammen? Kim schaltete ihr Hirn ein und rechnete eins und eins zusammen. Wenn Miley von ihrem Hund getrennt worden war, dann sicher nicht freiwillig. Romeo ließ Miley nie allein, die beiden waren wie Pech und Schwefel.
»Warum sollten wir wissen, wo Romeo ist?«, fragte Franzi in diesem Moment.
Miley ließ sich matt auf den grünen Sessel sinken. Sie verbarg unglücklich das Gesicht in den Händen, ihre langen, schwarzen Haare hingen fast bis zum Boden.
»Das Phantom hat ihn, oder?«, fragte Kim behutsam. Franzi sah sie verwundert an: Was hatte Kim da schon wieder geschlussfolgert?
Miley nickte, ohne zu ihnen aufzusehen. »Das Phantom hat mich erpresst«, sagte sie dumpf in ihre Hände. »Mein Geständnis für Romeo. Es hat ihn entführt und mir dafür das Aufnahmegerät gegeben, und einen Zettel, von dem ich alles ablesen sollte.«
Kim sah Franzi triumphierend an: Sie hatte recht gehabt, Miley hatte wirklich abgelesen.
Miley fuhr fort: »In der Nacht neulich, im Theater, sollte die Übergabe sein: das Band für Romeo. Aber dann kamt ihr dazwischen ...«
»Moment«, unterbrach Franzi mit erhobener Hand, »nur, damit ich mitkomme: *Du* warst das auf dem Schnürboden? Du warst der Schat-

ten, der vor mir weggelaufen ist? Und der …«, Franzi zögerte und ihre Stimme wurde weicher, »… und der mich gerettet hat?« Sie sah Miley dankbar an. »Du hast mir die Leiter zugeworfen?«
Miley nickte. »Ich konnte dich doch nicht einfach abstürzen lassen. Jedenfalls hat die Übergabe nicht geklappt. Das Phantom hatte zwar mein Band, aber Romeo habe ich nicht zurückbekommen.« Miley sah verzweifelt zwischen Kim und Franzi hin und her: »Warum gibt es mir Romeo nicht zurück? Ich verstehe das nicht.«
»Ich verstehe auch nichts, und zwar *gar* nichts«, sagte Franzi und ging stirnrunzelnd auf und ab. »Das Phantom hat dich erpresst. Damit wir denken, dass du es warst …«
»… und uns sicher fühlen!«, vollendete Kim den Satz. »Ganz klar: Miley war ein Ablenkungsmanöver. Ein Sündenbock, damit wir aufhören zu ermitteln. Wir müssen Marie finden und zwar schnell, bevor etwas passiert.«
Miley schien erst jetzt zu merken, dass eines der drei !!! fehlte. »Marie, was ist mit Marie?«, fragte sie erschrocken. Kim und Franzi hatten keine Zeit, es ihr zu erklären.
»Helft mir mit den Porträts«, rief Kim. »Sucht nach Florentin Flemming.« Miley und Franzi sahen sich an, dann taten sie es Kim gleich und drehten die Bilder um, die an den Wänden lehnten. Franzi las die Namen, die unter den verschiedenen Gesichtern standen, aber leider war keiner von ihnen Florentin Flemming.
»Hier!«, rief Kim plötzlich aufgeregt. »Ich habe ihn.« Franzi und Miley liefen zu ihr, um ein Regal herum. Kim kniete vor einer großformatigen Leinwand, auf deren Rückseite jemand etwas mit Bleistift gekritzelt hatte: »Florentin Geronimo Flemming, 2004. Das ist er. Vor genau 15 Jahren«, murmelte Kim. »Jetzt bin ich mal gespannt.« Sie drehte das Bild um und erstarrte. Ihr Mund klappte auf, ihre Augen wurden groß.
»Kim? Was ist los?«, fragte Franzi besorgt. »Was hast du entdeckt?«

Kim hob langsam den Kopf und starrte Franzi und Miley an. Sie schluckte schwer. »Ich hab's geahnt. Florentin Flemming ist *nicht* tot. Er ist das Phantom und er ist immer noch hier.«
Mit diesen Worten drehte Kim das Porträt um. Franzi schnappte nach Luft: Wer ihr da aus dem Rahmen entgegensah, war kein anderer als Robert Wilhelms!

Gefangen in Nimmerland

Robert Wilhelms lümmelte gemütlich auf einem Sofa und kicherte. Er hielt die Visitenkarte der drei !!! in der Hand und las mit spöttischer Miene vor: »Die Drei !!!. Detektivinnen. Wir lösen jeden Fall. Kim Jülich. Franziska Winkler. Marie Grevenbroich. Tza!«
Mit einem schrillen Kichern zerriss er die Karte in kleine Fetzen, die vor Maries Augen zu Boden rieselten. Marie saß Wilhelms gegenüber auf einem Stuhl, ihre Handgelenke waren mit Stricken an die Armlehnen gefesselt. Sie hatte keine Ahnung, wie viele Stunden sie hier schon saß, aber allmählich tat ihr alles weh. Sie konnte immer noch nicht fassen, was passiert war:
Wilhelms hatte sie in der Garderobe erwischt und durch den Geheimgang hierhergeschleift in sein unterirdisches Versteck. Von wegen, Wilhelms war extra für das Theaterstück in die Stadt gekommen. Dieser zugemüllte, vollgestellte Raum sah aus, als hätte er seit Jahrzehnten darin gehaust. Überall lagen alte Requisiten herum, Kostüme und zerfledderte Bücher. Romeo saß winselnd in einem alten Vogelkäfig, seine Schnauze war mit einer geringelten Stinkesocke zugebunden. Marie tat der kleine Hund leid, aber sie selbst tat sich mindestens genauso leid: Was, wenn Franzi und Kim sie hier unten nicht fanden?

Unglücklich ruckelte sie an ihren Fesseln, aber sie saßen einfach viel zu fest. Ohne Hilfe würde Marie nie entkommen.
»Kinder, Kinder, Kinder«, sagte Wilhelms gerade und schlenderte seufzend auf Marie zu. »Warum kommt ihr mir eigentlich immer in die Quere, wenn es am schönsten ist? Ich hatte alles so toll geplant, und dann platzt du kleine Streberin dazwischen. Nur, weil du früher zur Probe kommen musstest.«
»Lassen Sie mich gehen«, unterbrach Marie Wilhelms wütend.
Wilhelms starrte sie einen Moment lang stumm an. Er legte den Kopf schief und schien ernsthaft über ihre Aufforderung nachzudenken. »Ich weiß nicht, Florentin«, sagte er zu sich selbst. »Soll ich sie losmachen? Schau sie dir doch mal an, wie sie da in ihrem Stuhl sitzt! Sie ist doch nur ein kleines Mädchen, was kann sie dir schon tun?«
Marie verdrehte die Augen, als Wilhelms »kleines Mädchen« sagte, aber sie verkniff sich eine Bemerkung. Immerhin sah es so aus, als wollte Wilhelms sie wirklich losbinden. Hatte er Gewissensbisse?
»Okay.« Wilhelms nickte entschlossen mit dem Kopf. »Ich mache dich los, komm her!« Er beugte sich über Marie und fing an, an ihren Fesseln herumzunesteln. Dann, von einem Moment auf den anderen, hielt er inne. Er hob sein Gesicht, sah Marie direkt in die Augen und fing dann böse an zu kichern. »Haha!«
Er deutete auf Marie, die in diesem Moment begriff, dass er sie reingelegt hatte. Er hatte nie vorgehabt, sie zu befreien.
»Du hast es mir geglaubt, stimmt's? Und weißt du auch warum?«, krakeelte Robert Wilhelms und tänzelte durch den Raum. »Weil ich so ein guter Schauspieler bin.« Wilhelms hielt direkt vor Marie an, beugte sich zu ihr hinunter und zog sich einen Gummistreifen vom Gesicht, der eine rote Brandnarbe verdeckt hatte. Die Narbe führte von Wilhelms' Stirn bis zu seinem Kinn.
»Aua«, sagte Marie unwillkürlich. Es sah wirklich böse aus.

Wilhelms lachte nur auf. »Ja, nicht wahr? So sieht man eben aus, wenn man fast in einem Feuer umgekommen wäre. Die Betonung liegt auf: fast!« Wilhelms bohrte bei dem Wort »fast« seinen Zeigefinger in die Luft und kicherte wieder. Er bekam einen Lachanfall, der irgendwann zu einem trockenen Husten wurde. Marie konnte ihn nur anstarren und an ihren Fesseln ruckeln, mehr blieb ihr nicht übrig. Der Kerl war völlig durchgeknallt.

»Du brauchst gar nicht zu versuchen, dich zu befreien, Marie.« Wilhelms deutete auf Maries Fesseln. »Das klappt sowieso nicht.« Er schnappte sich eine kleine Armbrust, legte sie an und schoss einen Pfeil auf ein »Peter Pan«-Plakat, das an einer der Wände hing. In dem Plakat steckten schon einige Pfeile. Marie erkannte sie wieder: Diese Pfeile hatten auch in ihrem zerstörten Kostüm gesteckt. Wilhelms war für all diese fiesen Streiche verantwortlich. Er hatte ihnen wirklich die ganze Zeit etwas vorgemacht, und sie hatten ihm auch noch geglaubt.

»Kinder sind wirklich dumm«, sagte Wilhelms, nahm sich einen zweiten Pfeil und deutete damit auf Marie, bevor er ihn ebenfalls in die Armbrust einlegte. »Aber so dumm? Das hätte ich auch wieder nicht gedacht. Ihr spaziert da einfach in mein Theater rein, *mein* Nimmerland, und denkt, dass ich das einfach so zulasse. Niemals!«

Marie runzelte die Stirn. Was meinte er damit: »Sein Nimmerland?«

»Sind Sie fertig?«, fragte sie kühl. »Ich würde jetzt wirklich gerne gehen.« Wilhelms' Kopf fuhr zu Marie herum. »Hat dich eigentlich keiner erzogen?«, fragte er, mit zusammengekniffenen Augen. Zu Maries Entsetzen schnappte er sich eine graue Ringelsocke von einer Wäscheleine, rollte sie zusammen und kam damit auf sie zu. »Wenn Erwachsene reden«, fuhr Wilhelms fort, »haben Kinder zu schweigen.« Mit diesen Worten stopfte er ihr die Stinkesocke wie einen Knebel in den Mund.

Marie würgte. Sie hatte das Gefühl, allein von dem Gestank ohnmächtig zu werden.

In der Zwischenzeit tigerte Kim aufgeregt vor Franzi und Miley hin und her. »Klaus Schmitt hatte recht«, rief sie. »Florentin Flemming alias Robert Wilhelms war die ganze Zeit hier. Nur war er kein Geist, sondern er lebte als Mensch hier. Deshalb wollte er uns loswerden: Das Theater ist sein Zuhause. Er hat sich hier all die Jahre versteckt und niemand hat es bemerkt. Das Theater steht seit dem Feuer leer. Keiner hat ihn gestört. Doch dann kamen wir mit unserem Theaterprojekt. Und jetzt«, Kim drehte sich vielsagend zu den beiden anderen um, »hat er Marie. Sie muss ihm irgendwie auf die Schliche gekommen sein. Wir müssen sie finden, bevor er ihr etwas antut.«

Kim sah Franzi an. »Wo hast du noch gleich ihr Handy gefunden?«

»In der Garderobe!«

Kim wollte schon losrennen, aber Franzi hielt sie zurück: »Warte. Wendy muss gleich auftreten. Sonst wird Wilhelms misstrauisch. Die Show muss weitergehen, richtig? Zumindest, bis Tinkerbell dran ist und die ganze Sache ohnehin auffliegt.« Kim nickte, da hatte Franzi recht. Wilhelms durfte auf keinen Fall merken, dass etwas nicht stimmte. Das Stück musste stattfinden. Aber wie sollte das gehen, wenn Franzi nicht auftrat?

»Ich mach's!« Mileys Stimme klang fest. Kim und Franzi sahen sie überrascht an. »Für Marie. Es ist mir egal, ob ich auffliege, ob jeder mich sieht. Ich habe genug Mist gebaut. Vielleicht kann ich es so ein bisschen wiedergutmachen.«

Kim zögerte noch, aber Franzi schlüpfte bereits aus ihrem Kostüm, unter dem sie ihre Alltagsklamotten trug. »Gut, aber was ist mit dem Text?«, fragte sie Miley.

Miley hob nur die Schultern. »Ich bin eine Meisterin der Improvisation. Wenn ich etwas kann, dann ist es lügen. Oder?« Miley grinste schief. Kim und Franzi nickten ihr zu. Miley war ihre einzige Chance, unbemerkt von Wilhelms nach Marie zu suchen.

»Danke!«, sagte Franzi ernst, als sie Miley das Kostüm in die Arme drückte. »Wir finden Romeo. Versprochen.« Dann lief sie Kim hinterher, die bereits wieder den Abstieg auf sich genommen hatte. So schnell sie konnten, rannten die beiden Mädchen in die Künstlergarderobe. Die anderen Kinder waren schon oben auf der Bühne, nur Paula wühlte noch in ihren Sachen herum und blätterte fahrig in ihrem Textbuch. »Wo ist Wilhelms«, flüsterte sie leise vor sich hin. »Wieso lässt er uns jetzt alleine? Wir haben doch gleich Premiere!« Franzi und Kim, die sich hinter einen Kleiderständer geduckt hatten, warfen sich einen Blick zu: *Natürlich* wunderten sich alle, wo Wilhelms war! Sie konnten nur hoffen, dass ihre Mitschauspieler die Premiere auch ohne seine Anleitung gut über die Bühne bringen würden. In der Ferne hörten sie leisen Applaus, anscheinend trat Helmut

Grevenbroich gerade auf die Bühne, um das Stück anzukündigen. Gleich würde sich der Vorhang heben. Paula hörte das Klatschen ebenfalls, schnappte sich ihr Textbuch und wetzte aus der Umkleide. »*The show must go on*«, sprach sie sich selbst Mut zu. Kim und Franzi warteten, bis sie weg war, dann lösten sie sich aus ihrem Versteck.
»Endlich. Okay, Franzi!« Kim sah sich hektisch um. »Such alles ab. Ich habe das Gefühl, dass der Schlüssel zu Maries Verschwinden irgendwo in diesem Zimmer liegt.«
»Alles klar.« Franzi nickte und fing an, die Wände abzutasten. Kim näherte sich unterdessen dem großen Ganzkörperspiegel am Ende des Raumes. »Hier lag ihr Handy, oder?«, fragte sie Franzi über die Schulter.
»Ja, unter der Bank«, gab Franzi zurück, die gerade einen Kleiderständer wegrückte, um zu sehen, ob dahinter etwas war. Kim betrachtete den Spiegel eingehend. Wohin konnte Marie bloß verschwunden sein? Aus dem Augenwinkel nahm sie ein leichtes Flattern wahr: Eine Vase voller langer Federn stand neben dem Spiegel auf dem Boden. Die Federn wippten leicht, als würden sie von einem Windstoß bewegt. Nur, dass in einem unterirdischen Raum normalerweise kein Wind wehte. Normalerweise …
Kim legte den Kopf schief und trat näher an den Spiegel und die Federn heran. In der Reflexion konnte sie ihr eigenes Gesicht sehen: Ihre braunen Augen waren geweitet in Sorge um Marie, ihr Haar zerzaust. Die Federn wehten sacht.
»Hier!« Kim winkte Franzi zu sich, die gleich an ihrer Seite erschien. »Siehst du das? Hier ist ein Luftzug. Was nur bedeuten kann …«
»… dass dahinter ein geheimer Raum ist?«, vollendete Franzi aufgeregt den Satz. »Kim, du bist genial! Los, hilf mir, den Spiegel zur Seite zu schieben.« Franzi schob ihre Finger unter den Rand des Spiegels und zog mit aller Kraft. Sie rüttelte und stemmte ihre Turnschuhe in den Boden, aber der Spiegel rührte sich keinen Millimeter.

Erst als Kim ihr zu Hilfe kam, schien es, als würde im Inneren der Wand etwas nachgeben. »Da, hast du das gespürt? Wir haben es fast geschafft!« Franzi spannte ihre Muskeln an. Alles hing davon ab, ob sie diese Tür geöffnet bekamen. Maries Schicksal hing davon ab.
»Für Marie!«, rief Franzi, um sich und Kim zu Höchstleistung anzuspornen.
»Eins, zwei, drei – Power!«, machte Kim sich selbst Mut. Immer wenn die drei !!! besonders viel Kraft brauchten, sagten sie ihren Power-Spruch auf. Allerdings sonst immer *mit* Marie. Trotzdem hatte es auch in diesem Fall gewirkt: Die Spiegeltür gab endlich nach und schwang zur Seite. Kim und Franzi wechselten einen beeindruckten Blick: Unglaublich, was dieses alte Theater für Geheimnisse verbarg. Die Wände schienen von Gängen ja geradezu durchsiebt zu sein. Kim zog ihre Taschenlampe aus der Tasche, schaltete sie ein und leuchtete beklommen in die Dunkelheit, die sich vor ihnen erstreckte. Ein Ende war nicht zu sehen, es roch modrig und feucht.
»Das wäre jetzt ein guter Moment, um Kommissar Peters anzurufen«, flüsterte Kim, aber Franzi schüttelte den Kopf.
»Keine Zeit. Es ist Gefahr im Verzug«, sagte sie bestimmt, nahm Kim die Taschenlampe ab und trat vor ihr in den Gang. Kim folgte ihr zögernd. »Okay, was ist der Plan?«, fragte Franzi. Im selben Moment fiel hinter den beiden Mädchen die Spiegeltür zu. Es wurde stockfinster.
»Das ist zumindest *nicht* der Plan«, rief Kim panisch. »Oh nein, wie geht das Ding denn wieder auf?« Die beiden klopfen mit den flachen Händen gegen die Tür, aber sie rührte sich nicht. Sie waren gefangen. Zumindest, bis jemand in die Garderobe kam und ihr Klopfen hörte. Das konnte dauern. Die Premiere hatte immerhin gerade erst angefangen.
Kim atmete tief durch, um sich zu beruhigen. »Klaustrophobie«, sagte sie und stützte sich mit den Händen auf den Knien ab. »Habe ich schon einmal erwähnt, dass ich Angst in engen Räumen habe?«

»Ja, hast du. Nur hundertmal.« Franzi nahm Kims Hand und drückte sie beruhigend. »Aber ich bin bei dir, Kim. Okay? Wir müssen einfach nur einen anderen Ausgang finden. Aber zuerst holen wir Marie.«

»Wo auch immer sie ist«, murmelte Kim. Die Tatsache, dass sie hier unten in diesem Labyrinth aus Gängen gefangen waren, hatte ihr einiges an Energie geraubt. Jetzt war es an Franzi, die Führung zu übernehmen. Franzi leuchtete voraus, als sie eine glitschige Treppe hinunterstiegen, die direkt in den Bauch des Theaters zu führen schien.

»Kim«, sagte Franzi in diesem Moment. Kim sah ihre roten Zöpfe im Gegenlicht der Taschenlampe vor sich herschweben. »Tut mir leid, dass ich dir nicht geglaubt habe. Das Phantom ist wirklich noch da.«

Kim hob nur die Schultern. »Schon gut«, sagte sie. »Ich verzeihe dir.«

Die beiden bogen um eine Ecke und standen plötzlich vor einem Gittertor. Franzi rüttelte an der Kette, die zusätzlich um das Schloss gelegt worden war. »Das sieht nach einer Sackgasse aus«, flüsterte sie, nachdem sie in den Gang dahinter geleuchtet hatte. »Wir gehen hier lang.« Kim voran traten sie in einen dämmrigen Gang.

»Wir hätten Kreide mitnehmen sollen oder so was«, gab Kim zu bedenken. »Um die Wege zu markieren. Wir finden hier doch nie wieder raus.« Doch Franzi ging einfach weiter. »Ich habe einen guten Orientierungssinn. Außerdem wird es da vorne schon wieder heller.«

Kim und Franzi wichen einer Wasserpfütze aus und traten schließlich aus dem Gang in ein großes Gewölbe. Mehrere Torbögen ragten in der Dunkelheit vor ihnen auf. Es war schummrig, Wasser tropfte von den Wänden, aber irgendwoher schien Licht zu kommen.

»Wo sind wir hier?«, fragte Franzi atemlos und leuchtete umher. Der Strahl der Taschenlampe erfasste nacheinander merkwürdige Gegenstände, die irgendjemand hierherunter geschleppt und zwischen den

Säulen des Gewölbes aufgestellt haben musste. Eine alte Ritterrüstung. Ein Schaukelpferd mit weit aufgerissenen Augen. Einen Dinosaurier aus Pappmaschee, der Kim zusammenzucken ließ.

»Schau mal«, sagte sie, um ihre Angst zu überspielen, »das sind alles Requisiten aus Theaterstücken. Wilhelms muss sie hierhergebracht haben.« Ihre Stimme klang piepsig.

»Ja. Aber warum?«, Franzi runzelte die Stirn und sah sich argwöhnisch um. »Ich meine: Wollte er sich hier eine gemütliche Kuschelecke einrichten, oder was? Ein seltsamer Ort für so was!«

Kim legte nachdenklich die Stirn in Falten. Sie erinnerte sich. »Wilhelms hat mir seine Geschichte selbst erzählt«, sagte sie und ließ sich von Franzi durch einen schmalen Durchgang zwischen zwei Säulen helfen. »Er hat zwar behauptet, sie sei seinem Freund Florentin passiert. Aber es ging um *ihn*. *Er* hat damals auf der Bühne Lampenfieber bekommen und wurde ausgelacht. Von allen Zuschauern. Deshalb hat er seinen Job verloren und durfte nur noch einen Baum im Hintergrund spielen. Erinnerst du dich an das alte Foto, das wir von ihm gefunden haben, mit den tanzenden Bäumen?«

Franzi kniff die Augen zusammen und nickte, es dämmerte ihr. »Stimmt«, sagte sie langsam. »Daran habe ich gar nicht mehr gedacht.«

Kim fuhr in ihrer Erzählung fort: »Ihm wurde genommen, was er am meisten liebte. Das Rampenlicht. Du weißt doch, wie gerne er auf der Bühne steht.« Franzi nickte. Allerdings. Auf der Bühne war es, als würde Wilhelms aufblühen. Er liebte es, wenn Leute ihm applaudierten. Doch seine Eitelkeit schien ihm in der Vergangenheit zum Verhängnis geworden zu sein. »Er hat alles verloren, was ihm wichtig war. Dafür wollte er Rache. Er hat das Feuer gelegt, seinen Tod vorgetäuscht, und Jimmys Onkel hat die Schuld dafür bekommen. Wilhelms wollte das Theater für sich allein, um jeden Preis. Und das will er bis heute.« Kim sah Franzi beklommen an.

»Was meinst du, wie weit er dafür gehen würde?«, fragte Franzi leise. Kim antwortete nicht. »Kim?« Franzi leuchtete ihrer Freundin ins Gesicht, die stehen geblieben war und mit offenem Mund auf etwas vor ihnen im Gang starrte. Franzi folgte ihrem Blick mit der Taschenlampe: Es war eine Piratenflagge mit einem Totenkopf. Eine ähnliche Flagge war auch Teil ihres Bühnenbildes, sie hing am Mast von Hooks Schiff.
»Oh nein. Franzi«, sagte Kim, und hatte sichtlich Mühe, ruhig zu bleiben. »Was passiert noch mal am Ende von Peter Pan?«
Franzi sah erst zu Kim, dann zur Flagge. Dann schien ihr zu dämmern, was Kim meinte. »Hook will sein eigenes Schiff in die Luft sprengen«, antwortete sie fassungslos. »Du meinst doch nicht etwa … meinst du etwa, Wilhelms würde so weit gehen?«
»Er wollte unbedingt, dass die Premiere stattfindet, oder? Wenn währenddessen etwas Schlimmes passiert, wird das Theater mit Sicherheit wieder geschlossen. Dann hat er seinen Willen.« Kim und Franzi sahen sich an. Für einen Moment war es, als wäre die Zeit stehen geblieben. Sie wussten, dass ihr Schicksal, das Schicksal aller Schauspieler und Zuschauer oben im Saal, an einem seidenen Faden hing. Sie allein konnten noch verhindern, dass ein Unglück geschah.
In diesem Moment hörten sie ein Bellen in der Ferne. »Romeo!« Kim und Franzi rannten los, dem Bellen nach bis zu einer Metalltür mit einem kleinen Fenster darin. Sie stand einen Spalt offen, Licht sickerte heraus auf den Gang. Franzi stieß die Tür auf und die beiden erblickten Marie, die gefesselt auf ihrem Stuhl saß und sie flehend über den Sockenknebel hinweg anstarrte.
»Marie! Marie, geht's dir gut?«, rief Kim, als sie auf sie zurannten. Marie rüttelte an ihren Armfesseln, riss die Augen auf und schien ihnen irgendetwas sagen zu wollen.
»Hat er dir was getan?«, rief Kim.
»Ja! Sie hat seine stinkende Socke im Mund!« Franzi zog Marie angeekelt die Socke zwischen den Zähnen hervor.

Marie hustete: »Hinter ... euch!« Genau in dieser Sekunde knallte die Metalltür ins Schloss. Kim und Franzi fuhren vor Schreck herum: Wilhelms kam auf sie zu.
»Stellt euch nicht so an, die Socke war kaum getragen«, kicherte er. Dann applaudierte er den drei !!! spöttisch. »Ihr habt eure Freundin gefunden. Juhu! Tausend Punkte für die Detektivinnen!«
Kim wurde plötzlich wütend. »Wir wissen alles, Robert Wilhelms!«, rief sie und trat schützend vor Marie. »Oder sollte ich eher sagen: Florentin Geronimo Flemming?« Für einen kurzen Moment brachte sie Wilhelms damit aus der Fassung. Sein linkes Auge zuckte verdächtig. Offenbar hatte er nicht damit gerechnet, dass die drei Mädchen auch seine Vergangenheit aufgedeckt hatten.
Franzi sah sich in Wilhelms' muffigem Versteck um. Es war modrig und rumplig wie der vollgestellte Keller eines alten Mannes, der bis an sein Lebensende nichts hatte wegwerfen wollen. Kostüme türmten sich bergeweise auf, ein ausgestopfter Fuchs stand auf einem Tisch,

daneben ein Schachspiel. Die Figuren waren teilweise umgefallen. An der Wand hingen kindliche Wachsmalstiftzeichnungen mit Motiven aus *Peter Pan*: Hook und Peter im Fechtkampf, Tinkerbell und Wendy. »Sie leben hier wirklich seit 15 Jahren«, stellte Franzi fest und drehte sich langsam um sich selbst, um den Anblick des Raumes ganz in sich aufzunehmen.

»Neidisch?«, fragte Wilhelms und sah kichernd auf seine Fingernägel hinunter.

Franzi schüttelte angewidert den Kopf. »Sicher nicht. Das ist echt ... krank!« Robert Wilhelms fuhr mit einer hasserfüllten Grimasse zu ihr herum. »Krank? Ich sage dir mal, was krank ist: Popel an den Sitzen abwischen, *das* ist krank! Während der Vorstellung rausgehen, weil man mal Pipi muss, *das* ist krank!« Seine Stimme wurde leiser, als er die Hände zu Fäusten ballte und das mit Pfeilen durchbohrte Theaterplakat anstarrte. »Lachen, wenn jemand all seine Leidenschaft auf der Bühne lässt, *das* ist krank! Kleine Kinder ins Theater lassen, das ist krank!«

Franzi warf einen zweifelnden Blick auf die krakeligen Zeichnungen an den Wänden: »Also nichts gegen Sie, aber die Bilder sehen aus, als hätte sie ein Kind gemalt.«

»Dich hat ein Kind gemalt, Franzi!«, schnappte Wilhelms. Franzi runzelte die Stirn: Das ergab keinen Sinn. Aber sie würde sich hüten, diesem Irren weiter zu widersprechen. Kim gab ihr bereits Zeichen, dass sie sich zurückhalten solle. Sie erinnerte sich daran, dass Wilhelms aus Rache das Theater angezündet hatte. Sie wollte den Mann nicht weiter provozieren. Womöglich würde er den kompletten Raum in Schutt und Asche legen.

»Sie können sich nicht ewig vor der Realität verstecken, Flemming«, sagte Kim mutig. Wilhelms zog nur eine Augenbraue hoch und starrte auf sie hinab wie auf einen Käfer.

»Ach wirklich, Jülich?«, erwiderte er höhnisch, ihren Namen lang ziehend wie einen Kaugummi. »Kann ich das nicht? Vor euch kleinen

Ratten war mein Leben ein einziger Traum!« Wilhelms ließ sich auf sein samtüberzogenes Sofa fallen, überkreuzte die Knöchel und sah verträumt an die Decke, als läge er an einem Strand in der Südsee und nicht in einem dunklen Kellerverlies. Mit einem feinen Lächeln gab er sich seinen Erinnerungen hin, während Kim und Franzi unauffällig näher an Marie heranrückten und versuchten, ihre Fesseln zu lösen.
»Ich hatte jeden Tag Premiere!«, seufzte Wilhelms und schloss die Augen. »Da war niemand, der über mich lachte!«
»Ja klar. Weil das alte Theater geschlossen, er der einzige Schauspieler war und es kein Publikum gab«, flüsterte Franzi spöttisch. Kim bedeutete ihr mit einer Handbewegung, still zu sein und sich weiter um Maries Fesseln zu kümmern. Wilhelms durfte nicht merken, was sie hier taten.
Selig fuhr er fort: »Ich hatte keine Wahl. Ich musste mein Nimmerland doch gegen euch kleine Eindringlinge verteidigen. Was für eine Schnapsidee von eurem Jugendzentrum, dieses Theater wiederzueröffnen!« Er gluckste leise. »Und die ganze Zeit hat keiner gemerkt, dass ich nicht der echte Robert Wilhelms bin. Wie auch? Irgendjemand vom Jugendzentrum hat per Telefon einen Theaterregisseur engagiert und sich hier dann nie wieder blicken lassen. Auch Helmut Grevenbroich, der große Spendensammler, war völlig ahnungslos. Genau wie seine zuckersüße Tochter.« Wilhelms fuhr mit einem schrillen Lachen aus seiner Liegeposition hoch und sprang behende auf die Füße, direkt vor die drei!!!. »Ha!«, machte er, als wäre er wieder auf der Bühne und würde eines seiner Aufwärmspiel mit ihnen spielen.
Kim und Franzi ließen sofort Maries Fesseln los und stellten sich gerade hin, die Hände auf dem Rücken verschränkt.
Wilhelms *konnte* nichts bemerkt haben. Trotzdem musterte er sie von oben bis unten. »Was habt ihr da gerade gemacht?«, fragte er misstrauisch.

»Was haben *Sie* mit dem echten Robert Wilhelms gemacht?«, fragte Kim schnell, um ihn abzulenken.
Der falsche Robert Wilhelms, alias Florentin Geronimo Flemming, lachte auf. Nicht ohne Stolz.
Kim hatte es sich gedacht: Wilhelms war auch als Verbrecher ein eitler Kerl, der für alles Applaus wollte. Deshalb teilte er seine gemeinen Machenschaften und Pläne auch so bereitwillig mit den drei Mädchen.
»Was ich mit ihm gemacht habe? Das werdet ihr gleich sehen. Aufgepasst!« Wilhelms trat mit großer Geste an eine riesige Kiste in der Ecke heran, klappte sie auf und rief laut: »Tadaaa!« Aus der Kiste tauchte, sehr zu Kims Entsetzen, ein Mann mit einer Nickelbrille auf. Mit zerzaustem Haar und müden Augen starrte er die drei !!! an. »Darf ich vorstellen?«, kicherte Wilhelms und deutete abwechselnd auf die drei Freundinnen und den echten Robert Wilhelms. »Robert Wilhelms, die drei !!!. Die drei !!!, Robert Wilhelms!«
»Hi?«, sagte der Mann und hob die Hand. Wilhelms hatte ihn also hier eingeschlossen, seit Wochen. Kim wurde schlecht: Sie wollte sich gar nicht ausmalen, wie es sein musste, ständig in dieser Kiste zu stecken.
»Keine Panik, er kriegt genug zu essen und hatte auch zwischendurch mal Ausgang«, sagte Wilhelms achselzuckend, als er ihren Blick sah. Franzi schnappte trotzdem empört nach Luft. »Als ob das etwas ändern würde! Das ist Freiheitsberaubung!«, rief sie. Den Fachbegriff hatte sie von Kim gelernt.
»Uhhh!« Wilhelms verdrehte bloß die Augen und sperrte den echten Robert Wilhelms wieder zurück in die Kiste. »Ihr habt auch für alles eine Definition, was? Pah! Als ob drei kleine Mädchen mich aufhalten könnten! Obwohl ihr mir ganz schön auf den Pelz gerückt seid, das muss man euch schon lassen. Als du mit diesem alten Foto ankamst, Kim, wusste ich, euch werde ich nicht so schnell los. Plan B

musste her: Die Premiere! Mein Meisterstück!« Wilhelms kicherte und verdrehte entzückt die Augen, als könne er es kaum erwarten, sein Meisterstück in Vollendung zu sehen. Kim konnte nur ahnen, dass es sich dabei um etwas Furchtbares handeln musste. »Zuerst musste ich natürlich dafür sorgen, dass ihr drei aufhört zu schnüffeln. Ha! Ihr wolltet ja sogar mit Klaus Schmitt reden. Der euch womöglich vom schönen Florentin erzählt hatte!« Wilhelms strich sich eitel durch sein volles Haar. »Das musste ich natürlich unbedingt verhindern.«

Kim wusste schon, was jetzt kam. »Also haben Sie uns Miley als Phantom präsentiert«, sagte sie finster.

»Richtig.« Wilhelms deutete auf Kim und tat so, als wäre er ein Spielautomat, auf dem sie gerade den Jackpot gewonnen hatte: »Dingdingding! Bingo! Volle Punktzahl!«

Marie rüttelte nervös an ihren Fesseln. Vor ihrem inneren Auge sah sie den gefüllten Theatersaal vor sich. Kleine Kinder, ganze Familien und in der ersten Reihe: ihr Vater. Sie alle schwebten nun vermutlich in großer Gefahr. Marie schluckte schwer: »Was passiert bei der Premiere, Flemming? Was haben Sie vor?«

Wilhelms wedelte ungehalten mit den Händen vor Maries Gesicht herum. »Pscht, Marie! Verdirb doch nicht wieder alles. Das soll doch eine Überraschung werden.« Er tänzelte leichtfüßig um Maries Stuhl herum, stützte sein Kinn auf der Rückenlehne ab und lächelte verträumt auf die drei !!! hinunter, wie ein Märchenonkel. Wie ein ziemlich durchgeknallter Märchenonkel! »Tick, tack, die Zeit läuft ab«, wisperte er, zwinkerte Kim zu und hob beide Hände. Er ballte sie zu Fäusten: »Gleich macht es da oben: Bumm!« Er spreizte die Finger, wie um eine Explosion darzustellen. »Und ich habe alles wieder für mich alleine!«

Die drei Mädchen wechselten entsetzte Blicke. Ihre schlimmsten Befürchtungen hatten sich soeben bestätigt. Wilhelms hatte vor, bei der

Premiere eine Bombe zu zünden. Alle, die sich in diesem Moment im Zuschauersaal befanden, schwebten in Lebensgefahr.
Maries Herz wurde zu einem Knoten, als sie an den Streit mit ihrem Vater dachte. Was, wenn sie ihn nie wiedersehen würde? »Das können Sie nicht machen!«, schrie sie Wilhelms in ihrer Verzweiflung an. »Dafür gehen Sie in den Knast!«
Aber Wilhelms lachte nur kalt auf. »Ach ja? Ich bin vor 15 Jahren gestorben, Marie. Wie willst du mich einsperren? Ich bin ... ein Phantom!« Unter irrsinnigem Gelächter hüpfte Wilhelms Richtung Tür. »Und jetzt entschuldigt mich bitte, Mädels. Ich habe noch etwas zu erledigen.« Mit einem wahnsinnigen Lachen warf der falsche Robert Wilhelms die eiserne Tür hinter sich ins Schloss.
Einen Moment herrschte Stille. Dann öffnete sich ruckartig die kleine Klappe in der Tür, dahinter erschien sein grinsender Mund mit den vielen Zahnlücken: »Und versucht gar nicht erst, zu schreien! Diese Mauern sind so dick, euch wird niemand hören! Nie wieder! Was auch nicht weiter schlimm ist: Ihr seid sowieso völlig talentfrei.« Die Klappe knallte wieder zu.
Kim und Franzi atmeten erleichtert aus. »Endlich ist er weg!«, murmelte Kim grimmig, während sie Marie von ihren Fesseln befreiten. Marie bewegte vorsichtig die schmerzenden Handgelenke.
»Alles in Ordnung bei dir?«, fragte Kim.
Nein, dachte Marie, nichts war in Ordnung. Aber sie musste sich zusammenreißen, für ihre Freundinnen, ihren Vater und alle, die sich oben im Zuschauersaal befanden und keine Ahnung hatten, was Wilhelms plante.
»Ja, mir geht's gut!«, sagte sie deshalb schnell, sprang auf und rannte rüber zur Metalltür. »Wir dürfen ihn nicht entkommen lassen!«
»Hast du dein Dietrichset dabei?«, wollte Kim sofort wissen. Sie und Franzi sahen Marie hoffnungsvoll an. Aber leider schüttelte Marie den Kopf.

»Nein«, sagte sie betrübt. »Ich habe es oben bei meinen Sachen liegen lassen. Aber«, und plötzlich glitt ein Leuchten über ihr Gesicht, »ihr wisst ja: Marie Grevenbroich geht nie unfrisiert aus dem Haus.« Marie zog eine Haarnadel aus ihrer Frisur und machte sich am Schloss zu schaffen.
Doch als die Tür endlich aufsprang und Franzi und Marie schon loslaufen wollten, hielt Kim sie plötzlich zurück: »Halt! Was ist mit Romeo und dem echten Wilhelms? Wir müssen sie rauslassen!«
Franzi nickte. »Na klar. Du hast recht!«
Die drei !!! drehten sofort um. Während Franzi sich am Vogelkäfig zu schaffen machte, öffneten Kim und Marie mit vereinten Kräften die eisernen Scharniere der Truhe und halfen dem echten Robert Wilhelms heraus. Er sah müde aus und war noch recht wackelig auf den Beinen, als sie ihn in ihre Mitte nahmen und zu Florentin Flemmings altem Sessel führten.
»Danke. Ihr wisst gar nicht, wie dankbar ich euch bin ...«, murmelte er und ließ sich völlig geschafft in das Polster sinken.
Marie sah ihn mitleidig an. »Wir können es uns denken. Am besten warten Sie hier unten mit Romeo. Das ist sicherer.«
Franzi, die Romeo inzwischen aus seinem Käfig gelassen hatte, drückte ihm den kleinen Hund auf den Schoß. Der echte Robert Wilhelms streichelte ihn und nickte matt: »Das werde ich tun. In meinem Zustand wäre ich euch sowieso keine große Hilfe. Ich muss mich erst mal erholen.«
»Alles klar, wir sehen uns später. Und keine Angst«, Marie sah dem echten Robert Wilhelms noch einmal fest in die Augen, »wir schnappen ihn!«
»Also los, Mädels!« Franzi zog ihre beiden Freundinnen mit sich den Gang hinunter. »Jetzt zählt jede Sekunde!«
Franzi hatte nicht zu viel versprochen: Ihr Orientierungssinn war so einmalig, dass sie genau wusste, wie sie zurück zur Spiegeltür gelang-

ten. Alles, was sie nun noch tun mussten, war die Spiegeltür wieder aufzustemmen. Aber mit vereinten Kräften schafften sie auch dies: Immerhin waren die drei !!! jetzt wieder vollzählig.

Das große Finale

Weißer Bodennebel wogte über die Bühne und Lichteffekte zuckten, als der letzte Akt anbrach. Irgendwie hatten die Schauspieler es geschafft, das Stück *ohne* Tinkerbell über die Bühne zu bringen. Zum Glück würde ihr größter Auftritt erst am Ende stattfinden. Miley war bereits als Wendy an den Mast gefesselt worden, während sich Verena als Hook und Robin als Peter Pan einen Fechtkampf lieferten. Das Publikum sah ihnen gebannt dabei zu. Auf einmal wurde es stockdunkel auf der Bühne. Verena und Robin sahen sich verwundert um, als plötzlich Robert Wilhelms in einem Peter Pan Kostüm die Bühne betrat. Die Jugendlichen auf der Bühne wechselten verwirrte Blicke. Was sollte dieser Auftritt? Sie hatten das nie geprobt! Auch die Zuschauer hielten den Atem an. Was geschah jetzt? Auf Helmut Grevenbroich und die anderen Zuschauer wirkte es, als würde dieser Teil zum Stück gehören. Mit ernstem Gesichtsausdruck ließ Robert Wilhelms alias Florentin Flemming alias Peter Pan seinen Blick über den Zuschauerraum gleiten.

Endlich fing er an, seinen Text zu sprechen: »Zweite rechts, geradeaus bis zum Morgen. Das Nimmerland kennt keine Sorgen. Klatscht in die Hände und seht da, all eure Träume werden wahr.« Er unterbrach

sich und sah nachdenklich vor sich hin. »All eure Träume werden wahr«, wiederholte er, drehte sich um und ging langsam vom Publikum weg. »Und was ist mit mir?«, hauchte er. »Ich bin nicht mehr als ein Schatten. Dabei wollte ich doch nur ein kleiner Junge bleiben und meinen Spaß haben! Ich wollte nie aufhören, zu *träumen*!« Wilhelms wirbelte wieder zum Publikum herum, sein Gesicht voller Wut. »Aber alle haben meinen Traum verlacht. Sie wollten mich aus meinem Nimmerland vertreiben ... und jetzt hole ich es mir zurück!«
Musik setzte ein, und Wilhelms begann, sein Lied zu singen. Niemand hatte die versteckte Drohung in seinen Worten verstanden. Nur Kim, Marie und Franzi wussten es besser. Sie waren gerade hinter der Bühne angekommen und spähten nun durch den Vorhang zu Wilhelms hinaus.
»Okay, wo ist die Bombe?« Marie sah sich hektisch um. »Wo kann er sie versteckt haben?« Kims Blick fiel auf das große Pappmaschee-

Krokodil, das neben dem Piratenschiff stand. Das Maul stand weit offen, und in seinem Inneren blinkte etwas. Ein rotes Lämpchen. Das musste es sein!
»Tick, tack!«, rief Kim. »Es ist wie in der Geschichte von Peter Pan. Im Stück hat das Krokodil die Uhr verschluckt und hier bei uns …«
»… die Bombe!«, vollendete Franzi mit großen Augen den Satz.
»Ich muss dahin und versuchen, sie zu entschärfen«, sagte Kim entschlossen.
Marie nickte. »Okay. Ich lenke Wilhelms ab, damit du mehr Zeit hast.«
»Und ich …«, Franzi verstummte, als die beiden anderen sie erwartungsvoll ansahen. »Ich lasse mir etwas einfallen«, sagte sie schließlich und streckte ruckartig ihre Hand aus. »Die drei !!!. Eins!«
»Zwei!«, rief Marie und legte ihre Hand auf Franzis.
»Drei!«, fiel Kim mit ein, und dann warfen alle drei ihre Hände hoch in die Luft: »Power!!!«
Die drei !!! rannten in drei Richtungen davon. Kim fegte hinter dem Vorhang entlang, so leise und so schnell sie ihre Füße trugen. Sie ging in die Knie und fokussierte sich auf das Pappmaschee-Krokodil. Es war groß genug, dass sie hineinschlüpfen konnte. Hoffentlich ließ Marie sich etwas Gutes einfallen, um Wilhelms abzulenken. Kaum hatte Kim diesen Gedanken gefasst, ging plötzlich ein Raunen durch den Zuschauersaal: Marie betrat in ihrem Feenkostüm die Bühne. Es sah noch schöner aus als vor der Attacke des Phantoms. Marie hatte es nicht nur geflickt, sondern auch mit funkelnden, grünen Pailletten bestickt. Sie sah großartig aus. Kein Wunder, dass alle im Publikum nun sie anstarrten. Wilhelms schien das gar nicht zu passen. Er hob die Stimme, um alle wieder an sich und sein Lied zu erinnern. Marie grinste ihn herausfordernd an und fiel dann einfach in das Lied mit ein. Sie war sehr musikalisch und konnte dank ihres schauspielerischen Talents sehr gut improvisieren.

Wilhelms Augen quollen ihm vor Zorn fast aus dem Kopf. Schon wieder stahl man ihm die Show! Das konnte er nicht auf sich sitzen lassen. Während Kim auf Knien und Ellenbogen durch den Bodennebel zum Krokodil kroch, lieferten Wilhelms und Marie sich ein Gesangsduell, das sich gewaschen hatte.
Marie tänzelte um ein großes Weinfass herum, das zum Bühnenbild gehörte. Sie machte ihre Sache wirklich gut, wirkte selbstbewusst und kein bisschen nervös. Sie musste Nerven wie Drahtseile haben, dachte Kim bewundernd und beeilte sich. Sie wusste, dass der Song gleich zu Ende war. Immerhin hatten sie diesen Teil des Stücks wochenlang geprobt. Kim grinste unwillkürlich: Zumindest so ähnlich …
Gerade als sie sich durch die Öffnung im Bauch des Krokodils gequetscht hatte, hörte die Musik auf. Kim atmete tief durch. Das hatte sie gerade noch rechtzeitig geschafft. Sie sah sich um und erblickte die Bombe: Eine Zeitschaltuhr klemmte an einem Bündel Dynamit. Kim rutschte das Herz in die Hose. Noch nie war sie so nah an einer so gefährlichen Konstruktion gewesen. Der Countdown tickte: Ihr blieb nicht mehr viel Zeit. Kim studierte die vielen Kabel, die aus der Bombe hervorstanden. Ihr schwirrte der Kopf: Welches Kabel musste sie kappen, um die Katastrophe zu verhindern? »Denk nach, Kim, denk nach!«, murmelte sie leise. Der Countdown zählte unnachgiebig herunter. Drei Minuten noch …
Robert Wilhelms wandte sich indessen zu Marie um, die ihn unschuldig anlächelte. »Du stiehlst mir nicht die Show, du kleine Made«, knirschte er und holte gerade mit dem Fuß aus, um im Schutz des großen Weinfasses nach ihr zu treten, als eine Stimme durch den Zuschauersaal donnerte. Sogar Kim im dunklen Bauch des Pappkrokodils zuckte zusammen. Marie und Wilhelms drehten sich um. Wilhelms Mund klappte auf, als er sah, *wer* da durch den Mittelgang auf die Bühne zuhielt.
»Du«, donnerte kein anderer als Klaus Schmitt und streckte den Zeigefinger seiner gesunden Hand aus. »All die Jahre habe ich gedacht,

du seist tot und ich hätte dich auf dem Gewissen. Ich war im Gefängnis. Ich habe mich versteckt vor der Welt. Ich hatte sogar Angst vor deinem *Geist.* Aber jetzt ist der Spuk vorbei, Florentin.«
Wilhelms riss die Augen auf, als Klaus Schmitt die Bühne betrat und mit grimmiger Miene auf ihn zuhielt. Die Zuschauer schienen zu glauben, dass sein Auftritt zum Stück gehörte. Sie sahen gebannt zu. Auch Jimmy war an den Rand der Bühne getreten. In seinen Augen lag Fassungslosigkeit: Wilhelms war Florentin Flemming? Der Mann, der seinem Onkel das Leben zur Hölle gemacht hatte? Marie sah, dass Jimmy Mühe hatte, den Ereignissen zu folgen.
Wilhelms war noch eine Sekunde wie eingefroren, dann schien er sich wieder zu fangen. Zumindest gab er sich große Mühe, überlegen zu wirken. »Ach ja?«, gab er patzig zurück. »Ich fange doch gerade erst an, Klaus!« Er kicherte, flitzte hinüber zur Reling des Piratenschiffs und zog einen Degen aus einer Halterung. Er richtete ihn auf Klaus. »Was jetzt?«, hauchte er.
Klaus zog nur die Augenbrauen hoch. »Du vergisst, dass ich auch Schauspieler war und Fechten gelernt habe«, knirschte er und fing einen zweiten Degen auf, den Jimmy ihm geistesgegenwärtig zugeworfen hatte. Die beiden Männer umkreisten sich lauernd.
Marie sah nervös zum Krokodil hinüber. Hoffentlich schaffte Kim es rechtzeitig, die Bombe lahmzulegen.
Kim tat indessen ihr Bestes. Ins Krokodil gequetscht verfolgte sie die einzelnen Kabel mit den Fingerspitzen, um festzustellen, welches zum Auslöser gehörte. Ihr blieben noch knapp zwei Minuten.
Der Countdown zählte tickend weiter herunter, während Wilhelms und Klaus sich auf der Bühne umkreisten.
»Klaus, Klaus, Klaus!« Wilhelms lachte ächzend. In seinen Augen lag blanker Hass. »Was ist nur aus dem strahlenden Publikumsliebling geworden? Eigentlich siehst du eher aus, als hättest du 15 Jahre in einem Keller gehaust, nicht ich.«

Klaus' Miene verfinsterte sich. »Ich habe um dich getrauert«, sagte er kalt. »Du hast mir mein Leben genommen. Dafür wirst du bezahlen. Mach dich bereit für deinen Untergang.« Er hob den Degen und dann griff er an.

Wilhelms setzte sich tapfer zur Wehr und parierte die Hiebe seines Gegners.

Marie sah atemlos zu, wie die beiden Männer sich ein filmreifes Duell lieferten. Mal hatte Wilhelms die Oberhand, dann wieder Klaus Schmitt, der trotz seiner verletzten Hand erstaunlich geschickt war. Die Bühne schien ihm Kraft zu geben und alte Fähigkeiten in ihm zu mobilisieren. Einen Moment sah es so aus, als hätte Klaus Wilhelms in eine Ecke getrieben, aber da holte dieser plötzlich mit dem Fuß aus und trat dem älteren Mann vor die Brust. Klaus Schmitt stürzte zu Boden, blieb auf dem Rücken liegen. Jimmy trat erschrocken einen Schritt vor, als er seinen Onkel in dieser brenzligen Lage sah. Hilflos starrte Klaus Schmitt zu Wilhelms hoch, der ihm den Degen auf die

Brust setzte. »Was willst du jetzt machen, Pirat?«, fragte Wilhelms zähneknirschend.
Kim, die Klaus Schmitts Degen hatte zu Boden fallen hören, nestelte unterdessen mit fliegenden Fingern an der Bombe herum: Der Countdown zählte erbarmungslos herunter. Ihr blieb noch etwas weniger als eine Minute. »Okay, Kim!« sagte sie leise zu sich. »Das ist jetzt die Lehre der Wahrscheinlichkeit. Ich hätte doch Mathe lernen sollen.« Sie hielt zwei Kabel in der Hand, die ihrer Meinung nach zum Ziel führen könnten: ein blaues und ein rotes. Nur: Welches war das richtige? Sie hatte nur eine Chance. Kim haderte mit sich, während draußen auf der Bühne Klaus Schmitts Schicksal auf dem Spiel stand. Wilhelms beugte sich über ihn: »Wie willst du mich besiegen mit nur einer Hand?« Er lachte, bog sich dabei zurück und erstarrte plötzlich: Ein Netz hatte sich vom Schnürboden gelöst und landete nun auf ihm. Wilhelms verhedderte sich, taumelte über die Bühne.
Marie warf einen Blick nach oben und grinste erleichtert: Franzi! Sie hatte sich etwas einfallen lassen. Mit einem beherzten Schrei lief Marie ins Scheinwerferlicht und warf sich in ihrem zarten Feenkostüm auf Wilhelms' Rücken. Er versuchte, sie abzuschütteln, doch er hatte keine Chance. Unter ihrem unerwarteten Gewicht fiel er wie ein Brett auf den Bühnenboden. »Wird Zeit, die Bühne zu spüren«, rief Marie triumphierend und funkelte ihn durch die Maschen des Netzes hindurch an, während Jimmy ihm den Degen entwendete.
Wilhelms sah seine Felle davonschwimmen. Er drehte sich auf den Bauch und versuchte, wie eine Made zum Bühnenrand zu kriechen. Er kam nur schwer voran, weil er von Kopf bis Fuß in das Netz eingewickelt war. In seinen Augen funkelten Panik und Irrsinn um die Wette. Ganz klar: Robert Wilhelms erkannte, dass sein gemeiner Plan nicht aufging. Sicher hatte er vorgehabt, noch vor der Explosion der Bombe den Saal zu verlassen. Nun, da die drei !!! ihn gefesselt hatten, war er zu seinem eigenen Opfer geworden. Verzweifelt robbte er auf Knien

und Ellenbogen Richtung Ausgang und wisperte dabei panisch vor sich hin. Aber Klaus Schmitt hatte nicht vor, Wilhelms einfach so entkommen zu lassen. »Du bleibst hier!«, rief er. Er packte den davonrobbenden Wahnsinnigen am Schlafittchen und drehte ihn zu sich herum. Ihre Gesichter schwebten nun ganz nah voreinander. Wilhelms' Augen wurden groß, als Klaus leise sagte: »Ich habe die längste Zeit deine Schuld mit mir herumgetragen. Jetzt bekommst du endlich, was du verdienst.«

Wilhelms starrte zuerst ihn an, dann ins Publikum. Die Menschen waren immer noch ganz gebannt und schienen nicht zu ahnen, in welcher Gefahr sie schwebten. Wilhelms amüsierte das offensichtlich. Er schielte hinunter auf seine Armbanduhr und verzog sein Gesicht zu einem wahnsinnigen Lächeln. »Bald ist es so weit. *Jeder* bekommt, was er verdient.« Er sah hinüber zum Krokodil und fing irrsinnig an zu lachen. »Ihr alle! Vor allem du, Klaus. Ihr wisst es nur noch nicht.« Wilhelms bog sich nun geradezu vor Lachen.

Klaus war irritiert. Auch er hatte keine Ahnung, was vor sich ging.

Marie sah panisch hinüber zum Krokodil: Kim musste sich beeilen!

»Oh Klaus!« Wilhelms schüttelte hysterisch lachend den Kopf. »Es ist vorbei. Das war unser letzter Auftritt, und wie immer war ich der bessere Schauspieler! In fünf Sekunden fliegt dieses Schiff in die Luft! Drei … zwei … eins …!« Wilhelms schloss die Augen, hielt die Luft an, aber nichts passierte.

Als er ein Auge blinzelnd wieder öffnete, standen plötzlich Franzi und Marie über ihm und grinsten siegessicher. Marie breitete in gespielter Entschuldigung die Arme aus: »Null! Tick, tack, die Zeit ist um!« Wilhelms folgte ihrem Blick: Kim schaute aus dem Maul des Krokodils und hielt die Zeitschaltuhr mit den Kabeln hoch. Sie hat das rote Kabel durchgeschnitten. Die Bombe war entschärft.

»Wie war das noch?«, grinste Franzi. »Jeder bekommt, was er verdient?«

Wilhelms starrte die beiden Mädchen nur an. Dann dämmerte es ihm: Er hatte verloren. »Nein! Ihr habt alles kaputt gemacht!«, wütete er wie ein Giftzwerg durch die Maschen des Netzes. Er fing an, wild zu zappeln und zu toben.

Nun merkte auch das Publikum, dass etwas nicht stimmen konnte. Marie sah sich um: Irgendetwas musste passieren. Die Show musste weitergehen, wie immer. Keiner durfte merken, wie nah sie alle einer Katastrophe entkommen waren, sonst würde womöglich doch noch eine Panik ausbrechen. Sie ließ ihren Blick über die anderen Schauspieler gleiten, die das Geschehen vom Bühnenrand aus beobachtet hatten. »Verena!«, rief sie mit gedämpfter Stimme. Verena sah unter ihrem Piratenhut hervor zu ihr hoch. »Geh auf die Bühne. Sing!« Marie bedeutete Verena mit einer Geste, sich zu bewegen.

Zuerst verstand Verena nicht, aber dann begriff sie. Ein Leuchten glitt über ihr Gesicht. Die Chance für einen spontanen Gesangsauftritt würde sie natürlich ergreifen. Schnell arrangierte sie ihre Freundinnen als Hintergrundtänzerinnen und stimmte dann den Song an, den sie beim Casting gesungen hatte. Michi startete die Musik und die Show ging weiter. Das Publikum ließ sich schnell von Verena mitreißen. Die Zuschauer standen von ihren Sitzen auf und klatschten im Rhythmus mit.

An Robert Wilhelms in seinem Netz dachte keiner mehr. Klaus Schmitt kauerte neben ihm, er würde ihn bewachen, bis das Stück vorbei war und Kommissar Peters ihn abholte. Aber noch sang Verena, und das konnte dauern. Marie und ihre Freundinnen wechselten grinsend Blicke: Da war Verena ja doch noch mal zu etwas gut gewesen.

»Ich störe ja nur ungern«, sagte plötzlich eine kleine Stimme in ihrem Rücken, »aber macht mich mal jemand los?« Es war Miley, die immer noch als Wendy an den Mast gefesselt war. Marie und Franzi befreiten sie. »Danke!« Miley sah Marie verlegen unter ihren Haarsträhnen hindurch an. »Verzeihst du mir, Marie?«

Marie zögerte keine Sekunde und umarmte sie lächelnd. »Klar verzeihe ich dir. Ich weiß ja jetzt, dass du keine Wahl hattest.« Miley lächelte zurück. Gemeinsam mit Kim und Franzi traten sie an den Bühnenrand und sahen zu, wie die Zuschauer zu Verenas Song in den Sitzreihen tanzten. So viel Spaß hatte das alte Theater schon lange nicht mehr erlebt. Aber so war das eben, dachte Marie glücklich, wenn man nach 15 Jahren endlich einen bösen Geist vertrieben hatte.

Die drei !!! hatten es mal wieder geschafft: Der Fall war gelöst, und sie hatten sich am Tag nach der Premiere im *Café Lomo* eingefunden, um ihren Erfolg zu feiern. Alles war wieder gut: Miley war zurück in Berlin, wo ihre Mutter ihren Stiefvater rausgeworfen und ihr versprochen hatte, dass sie Romeo behalten durfte. Sie hatte Marie angerufen und sie und ihre Freundinnen eingeladen, sie bald besuchen zu kommen. Maries Vater hatte schon zugestimmt. Er hatte sich zwar sehr über das, wie er es formuliert hatte, »ungewöhnliche Ende von *Peter Pan*« ge-

wundert, aber nachdem Marie ihm alles erklärt hatte, war er heilfroh gewesen, dass sie die Sache alle so gut überstanden hatten.
Auch Michi hatte Kim im Angesicht der Gefahr endlich verziehen, und sogar Jimmy war wieder gut auf Franzi zu sprechen: Immerhin hatte sie seinem Onkel am Ende geholfen, über seine vermeintliche Schuld hinwegzukommen. Klaus Schmitt war damit endlich von seinem Fluch erlöst. Er und Jimmy würden deshalb auch nicht wegziehen, sondern in der Stadt bleiben. Für Franzi war das eine überaus gute Nachricht. Sie hatten sich sogar schon zum Skaten und auf ein Eis verabredet …
Dann hatte es noch eine Überraschung gegeben: Frau Jülich hatte Kims Fehlen am Abend der Premiere doch noch bemerkt und sie nach dem Applaus hinter der Bühne abgefangen. Aus dem Augenwinkel hatte Kim gerade noch sehen können, wie Kommissar Peters Wilhelms abführte, dann hatte ihre Mutter sich auch schon in ihrer vollen Größe vor ihr aufgebaut. »Kim Konstanze Jülich!«, hatte sie gedonnert, und Kim hatte sich schon auf das Schlimmste gefasst gemacht. Aber zu ihrer großen Überraschung hatte ihre Mutter ihr ebenfalls verziehen. Anscheinend fand sie es beeindruckend, wie willensstark Kim war und wie sehr sie an ihre Träume glaubte. Nicht, dass Kim deshalb nicht mehr Mathe lernen musste. Im Gegenteil: Ihre Mutter hatte ihr einen Haufen Aufgaben aufgebrummt, die sie bis zum Ende der Ferien gelöst haben musste. Zum Glück standen Marie und Franzi ihr bei.
Belustigt sahen die beiden nun auf Kim hinunter, die mit dem Gesicht auf einem aufgeschlagenen Mathebuch lag und sich nicht mehr rührte. Um sie herum klirrten Eiswürfel in Gläsern und Vögel zwitscherten: Das *Café Lomo* hatte sie endlich wieder. Sie hatten es geschafft, eine Bombe zu entschärfen und ein altes Unrecht zu begleichen. Da konnten sie es doch auch mit ein bisschen Mathematik aufnehmen.
»Komm schon!«, grinste Marie und stupste Kim mit dem Zeigefinger an. »Nur diese eine Aufgabe noch, dann gibt's einen frischen

LICK. Du kennst die Antwort doch, du bist das klügste Mädchen, das ich kenne.«
»Ich dachte, die drei !!! lösen jeden Fall?«, stimmte Franzi scherzhaft mit ein.
»Diesen hier nicht!« Kim hob ihren Kopf. »Streicht mich von der Visitenkarte«, sagte sie in gespielter Verzweiflung. Dann blinzelte sie überrascht: Sabrina, die Kellnerin des *Café Lomo*, stellte drei Gläser *LICK* vor sie auf den Tisch, mit einer Extraportion rosafarbener Sahne und Streuseln. »Die sind von dem Herrn da drüben«, sagte sie erklärend, als die drei Mädchen sie fragend ansahen.
Kim, Marie und Franzi wandten sich um. Kommissar Peters lehnte lässig an der Bar, ebenfalls ein Glas *LICK* vor sich. »Ich weiß ja nicht, wie oft ich euch noch sagen soll, dass ihr euch nicht in gefährliche Fälle einmischen sollt«, sagte er ernst über den Rand seiner Sonnenbrille hinweg, nahm seinen *LICK* und kam langsam auf sie zu. »Aber ich muss sagen, den habt ihr euch redlich verdient.«
Die drei !!! grinsten. Sie nahmen ihre Gläser und machten gerade Anstalten, anzustoßen, als Kommissar Peters warnend den Zeigefinger hob. »Aber das nächste Mal kommt ihr sofort zu mir. Versprochen?«
»Ja, Kommissar Peters, versprochen!«, sagten die drei Mädchen brav im Chor.
»Das will ich auch meinen. Einen schönen Tag noch, ihr drei.« Kommissar Peters drehte sich mit einem zufriedenen Nicken weg. Er sah nicht mehr, wie die drei !!! hinter ihren Rücken die Finger kreuzten.
»Uns nie wieder in gefährliche Fälle einmischen?«, gab Franzi leise zu bedenken.
»Das können wir ihm wirklich nicht versprechen«, fügte Marie grinsend hinzu. »Immerhin sind wir die drei !!!, oder?« Sie sah verschmitzt in die Runde. »Und die drei !!! sind gut.«
»Die drei !!! sind besser«, stimmten Kim und Franzi mit ein. »Die drei !!! sind unschlagbar.«

Leseprobe

384 Seiten, €/D 12,99
ISBN 978-3-440-16432-7

Dieser Dreifachband vereint mit Band 1 bis 3 die beliebtesten Abenteuer der Reihe. Und das Superplus: Durch Faltung zeigt der Buchblock das „Die drei !!!"-Logo. So wird das Buch nach dem Lesen zu einem tollen Deko-Objekt. Eine ausführliche Faltanleitung ist selbstverständlich enthalten.

Band 1 – Die Handy-Falle
Band 2 – Betrug beim Casting
Band 3 – Gefährlicher Chat

Lies doch mal rein!

Mutige Mädchen gesucht!

Detektivtagebuch von Kim Jülich
Sonntag, 18:07 Uhr
Verdammtes Mistwetter! Es regnet schon den ganzen Nachmittag und mir ist STINKLANGWEILIG. Mein Vater hockt seit Stunden in seiner Hobbywerkstatt im Gartenschuppen und meine Mutter ist mal wieder bei einem ihrer Wohltätigkeitsbasare. Ich glaube, diesmal wird Geld für die Kinder der Dritten Welt gesammelt. Wenigstens hat sie die zwei Nervensägen mitgenommen, sodass ich ausnahmsweise mal meine Ruhe habe. Manchmal sind kleine Brüder wirklich die Pest. Vor allem, wenn es sich um rotzfreche Zwillinge handelt, die nur im Doppelpack auftauchen, so wie Ben und Lukas. Eine echte Plage!
Eigentlich wollte ich den zwillingsfreien Nachmittag nutzen, um in aller Ruhe an der Kurzgeschichte für den Schreibwettbewerb vom Jugendzentrum zu arbeiten. Die beste Geschichte wird in der Tageszeitung abgedruckt. Super, oder? Wenn ich gewinne, wäre das der erste Schritt auf meinem Weg zum Ruhm. Ich will nämlich eine bekannte und ausgesprochen erfolgreiche Krimiautorin werden.
Ich liebe Krimis. Genau genommen lese ich nichts anderes. Mein ganzes Bücherregal ist damit vollgestopft. Darum will ich natürlich auch eine Kriminalgeschichte für den Wettbewerb schreiben. Aber dummerweise habe ich keine Ahnung, wie ich anfangen soll. Seit Stunden sitze ich vor dem Computer und zermartere mir das Gehirn. Leider ohne Erfolg. Hilfe, ich habe eine Schreibkrise!

Vor lauter Verzweiflung habe ich mir schon sämtliche Fingernägel der rechten Hand abgekaut und eine große Tüte Gummibärchen sowie Unmengen von Schokolade verdrückt. Wenn ich weiterhin so viele Süßigkeiten futtere, kriege ich bald den Knopf meiner Jeans nicht mehr zu. Aber was soll ich machen? Mein Gehirn arbeitet nun mal nur bei ausreichender Schokoladen-Zufuhr. So wie heute. Als ich gerade die zweite Tafel angefangen hatte, kam mir plötzlich der rettende Gedanke. Genau genommen waren es mehrere Gedanken:

1. *Ich will eine Kriminalgeschichte schreiben, aber mir fällt nichts ein.*
2. *Anregungen aus Büchern reichen nicht.*
3. *Ich muss meinen eigenen Krimi erleben.*
4. *ICH GRÜNDE EINEN DETEKTIVCLUB!*

Klasse Idee, oder? Jetzt muss ich nur noch die richtigen Leute für den Club finden. Und wenn wir erst mal mitten in den Ermittlungen stecken, werden die Ideen garantiert nur so sprudeln.

Kim warf die Schultasche in eine Ecke ihres Zimmers, setzte sich an den Schreibtisch und schaltete ihren Computer ein. Neben dem Bildschirm lag das aufgeschlagene Jugendclub-Magazin, in dem vor drei Tagen ihre Anzeige erschienen war:

Mädchen für Clubgründung gesucht!
Bist du mutig, clever und neugierig?
Interessierst du dich für Geheimnisse und
ungeklärte Vorfälle?
Dann melde dich unter …

Kim hatte ewig an der richtigen Formulierung herumgefeilt, damit sich nicht nur lauter Idioten und Wichtigtuer meldeten. Sie hatte sogar extra eine neue E-Mail-Adresse eingerichtet, weil sie auf jeden Fall erst mal anonym bleiben wollte. Was sich inzwischen auch als ausgesprochen gute Idee herausgestellt hatte, weil sich leider trotz Kims sorgfältiger Wortwahl sämtliche Spinner der Stadt gemeldet hatten. Die meisten Mails waren von Jungs – dabei hatte sie extra »*Mädchen* für Clubgründung gesucht!« geschrieben. Eindeutiger ging's doch wohl nicht, oder?!

»Jungs sind echt zu dämlich«, murmelte Kim, während sie die Internetverbindung herstellte. »Hoffentlich ist heute was Vernünftiges dabei.« Plötzlich wurde die Zimmertür aufgerissen und die Zwillinge stürmten herein.

»Dürfen wir mal an deinen Computer?«, fragte Lukas.

Kim schüttelte den Kopf. »Nein. Ich hab zu tun, also macht euch vom Acker.«

»Nur ganz kurz, bitte!«, bettelte Ben und schwenkte eine CD-ROM. »Wir wollen bloß das neue Spiel von Dominik ausprobieren. Das soll der absolute Hammer sein.«

Kim stieß einen genervten Seufzer aus. Konnte sie denn nicht mal fünf Minuten am Computer sitzen, ohne dass die beiden Nervensägen in ihr Zimmer platzten und ihr mit ihren dämlichen Spielen vor der Nase herumwedelten? Dabei hatte sie ihnen schon tausendmal erklärt, dass der Computer absolut und unwiderruflich TABU für jeden war, der nicht Kim Jülich hieß. Aber das schienen sie irgendwie nicht zu kapieren. Die zwei hatten leider einen totalen Dickkopf. Aber den hatte Kim auch. Darum ging sie auch auf Nummer

sicher und änderte jeden Tag ihr Passwort. Lukas und Ben war es nämlich durchaus zuzutrauen, dass sie sich auch ohne Kims Erlaubnis an den Computer setzten.
»Also – was ist jetzt?«, fragte Lukas. »Dürfen wir?«
»Nein«, sagte Kim. »Vielleicht später. Aber nur, wenn ihr jetzt auf der Stelle verschwindet.«
»Blöde Kuh!«, schimpfte Lukas und stürmte aus dem Zimmer. Ben folgte ihm und knallte die Tür hinter sich zu.
Kim atmete auf, als sie die Zwillinge die Treppe hinunterpoltern hörte. Jetzt konnte sie endlich in Ruhe ihre Mails lesen. Es waren immerhin fünf neue Nachrichten eingegangen. Die ersten drei löschte sie gleich, als sie die Namen der Absender sah: Sven, Martin und Leon. Da sich die meisten Jungs immer nur wichtigmachten, aber kein bisschen Grips im Kopf hatten, waren sie für den Detektivclub absolut ungeeignet.
Kim seufzte enttäuscht. Sah ganz so aus, als wäre heute wieder nur Schrott dabei. Ohne große Hoffnung öffnete sie Mail Nummer vier.

Hallo Unbekannte,
ich bin mutig, clever und neugierig und interessiere mich für Geheimnisse und ungeklärte Vorfälle. Einige davon spielen sich sogar direkt vor unserer Nase ab … Bevor ich weitere Informationen preisgebe, würde ich aber gerne etwas mehr über dich wissen, große Unbekannte. Schlage darum möglichst bald ein persönliches Treffen vor. Wähle Ort, Zeit und ein Erkennungszeichen. (Oder kennen wir uns vielleicht schon?)
Bis dann,
Miss Marple

Während Kim den Text las, begann ihr Herz aufgeregt zu klopfen. Das klang total spannend! Wer sich wohl hinter dem Decknamen verbarg? Und was meinte Miss Marple mit den ungeklärten Vorfällen, die sich direkt vor ihrer Nase abspielten? Es gab nur eine Möglichkeit, um das herauszufinden: Kim musste sich mit Miss Marple verabreden.
Entschlossen klickte sie auf »Antworten« und schlug ein Treffen am kommenden Freitag um vier Uhr im *Café Lomo* vor. Dort fand alle zwei Monate eine Hörspiel-Lounge statt, bei der sich Fans der *Drei ???* trafen, Hörspiele der berühmten Detektive aus Rocky Beach anhörten und über die verschiedenen Fälle fachsimpelten. Ab und zu war Kim auch schon bei diesen Treffen dabei gewesen.
Im *Café Lomo* konnten sie die Clubgründung ungestört und auf neutralem Boden abwickeln. Nachdem Kim die Antwort abgeschickt hatte, öffnete sie die letzte Mail.

Hey,
hab gerade deine Anzeige gelesen. Die Sache mit dem Detektivclub klingt spannend, ich bin dabei. Wann soll's denn losgehen?
Ciao,
Marie Grevenbroich

PS: Bitte keine Treffen montags, dienstags oder donnerstags, da hab ich nämlich Gesangsstunde, Theatergruppe und Aerobic!

Kim schnappte nach Luft. Marie Grevenbroich! Ausgerechnet *Marie Grevenbroich* hatte sich auf *ihre* Anzeige gemeldet! Das war einfach der Hammer. Kim hatte Marie schon öfter im Jugendzentrum gesehen. Marie war in der Theater-AG, die zeitgleich mit dem Schreibworkshop stattfand, an dem Kim ab und zu teilnahm. Kim hatte zwar noch nie ein Wort mit Marie gewechselt, aber sie kannte sie natürlich. Jeder kannte Marie. Sie war so eine Art Berühmtheit und wurde ständig von ihren zahlreichen Bewunderern umlagert. Die Mädchen wollten alle so sein wie sie oder (wenn das schon nicht ging) zumindest mit ihr befreundet sein. Und die Jungs fuhren sowieso total auf sie ab. Marie sah nämlich super aus, konnte verdammt gut singen *und* schauspielern und hatte einen berühmten Vater: Helmut Grevenbroich alias Hauptkommissar Brockmeier, der Star aus der Krimiserie *Vorstadtwache*.

Angeblich hatte ihr Vater superviel Geld und las Marie jeden Wunsch von den Augen ab. Doch das war nur eins von vielen Gerüchten, die über Marie kursierten, und Kim hatte keine Ahnung, ob tatsächlich etwas dran war.

Kim starrte nachdenklich auf den Bildschirm ihres Computers und überlegte, ob Marie als Clubmitglied überhaupt infrage kam. Sie schien zeitlich ja schon ziemlich eingespannt zu sein. Außerdem hatte sie im Jugendzentrum immer einen äußerst arroganten Eindruck gemacht, wenn sie perfekt gestylt zu den Theaterproben stolziert war. Wahrscheinlich war sie total zimperlich und hatte nur ihren nächsten Friseurtermin und die neueste Idealdiät im Kopf, die sie natürlich überhaupt nicht nötig hatte.

Aber dummerweise war Marie die einzige Kandidatin, die abgesehen von Miss Marple halbwegs infrage kam. Außerdem musste Kim zugeben, dass sie auch ein kleines bisschen neugierig darauf war, die berühmte Marie Grevenbroich persönlich kennenzulernen.

Nach längerem Grübeln entschied sich Kim schließlich dafür, Marie auch zu dem Treffen im *Café Lomo* einzuladen. Das würde auf jeden Fall interessant werden. Und wenn sich diese Tussi zu sehr aufplusterte, konnte sie sie immer noch abservieren. Schließlich war es ihr Club und sie entschied, wer Mitglied wurde und wer nicht.

Schnell tippte Kim die Antwort-Mail und klickte auf »Senden«. Dann lehnte sie sich zufrieden zurück. Der erste Schritt zur Gründung des Detektivclubs war getan. Jetzt musste nur noch der Freitag kommen.

Ein schwieriger Start

Am Freitagnachmittag war Kim so aufgeregt, dass sie viel zu früh ihre Jacke vom Garderobenhaken nahm, um sich auf den Weg ins *Café Lomo* zu machen.

»Tschüss, Mama!«, rief sie nach oben, wo ihre Mutter in ihrem Arbeitszimmer saß und über irgendwelchen Klassenarbeiten brütete. Wenn sie nicht gerade Wohltätigkeitsbasare organisierte, arbeitete Frau Jülich nämlich als Lehrerin an einer Grundschule.

Kim hörte Schritte im ersten Stock und der Kopf ihrer Mutter erschien über dem Treppengeländer. »Wo willst du denn hin?«, fragte sie.

»Ich geh ins *Café Lomo*«, antwortete Kim. »Bin spätestens zum Abendessen wieder da.«

Frau Jülich nickte. »In Ordnung. Mit wem triffst du dich denn?«

»Mit ein paar Leuten von der Schule«, sagte Kim vage.

»Eine Arbeitsgemeinschaft?«, fragte ihre Mutter und machte ein interessiertes Gesicht. »Davon hast du ja gar nichts erzählt.«

»Na ja, so was Ähnliches«, murmelte Kim und wurde rot. Im Lügen war sie noch nie besonders gut gewesen. »Ist auch noch gar nicht sicher, ob aus dem Projekt etwas wird.«

»Wird schon klappen«, sagte Frau Jülich und lächelte Kim aufmunternd zu. »Du darfst nicht immer so pessimistisch sein. Viel Spaß, mein Schatz!«

Frau Jülichs Kopf verschwand und Kim hörte, wie ihre Mut-

ter zurück ins Arbeitszimmer ging. Erleichtert schlüpfte sie aus dem Haus, bevor ihrer Mutter einfiel, dass sie gar nicht nach dem Thema der Arbeitsgemeinschaft gefragt hatte. Manchmal war es wirklich anstrengend, eine Lehrerin als Mutter zu haben. Ständig wollte sie alles über die Schule wissen: welche Lehrer Kim hatte und wie sie mit ihnen klarkam, wann die nächsten Klassenarbeiten anstanden, an welchen AGs und Projektgruppen Kim teilnahm und wie der Notendurchschnitt ihrer Klasse aussah. Und sobald Kim mehr als eine Drei auf dem Zeugnis hatte, befürchtete ihre Mutter, dass sie durchs Abitur fallen, keinen Job finden und ein Sozialfall werden würde. Das war doch nicht normal, oder?
Zum Glück war wenigstens ihr Vater in Sachen Schulnoten ziemlich locker. Er fand gute Noten einfach nicht so wichtig und holte ihre Mutter immer auf den Teppich zurück, wenn sie sich mal wieder zu sehr über diesen ganzen Schulkram aufregte.
Kims Vater war Uhrmacher und ein leidenschaftlicher Bastler. In seiner Freizeit saß er stundenlang in seiner Hobbywerkstatt im Gartenschuppen und bastelte Kuckucksuhren. Er hatte schon über dreihundert Stück hergestellt. Eigentlich ein ziemlich verrücktes Hobby, aber irgendwie mochte Kim die Kuckucksuhren ihres Vaters.
Kim hatte zu Hause bisher noch nichts von ihrer Idee mit dem Detektivclub erzählt. Ihre Eltern fanden es zwar toll, dass sie viel las und sogar eigene Geschichten schrieb. Aber Kim war sich keineswegs sicher, ob sie es auch toll finden würden, dass sie jetzt praktische Erfahrungen in der Detektivarbeit sammeln wollte.

Darum hatte sie beschlossen, ihre Pläne erst mal für sich zu behalten, auch wenn sie Lügen eigentlich hasste wie die Pest. Aber sie hatte ja gar nicht richtig gelogen, sondern nur ein wenig ungenau geantwortet, oder?

Und Action!

Das Partyspiel zum Kinofilm

So habt ihr „Wahrheit oder Pflicht" noch nie gespielt! Dieses Spiel trainiert euer detektivisches Geschick und stellt zudem eure mimische Begabung auf die Probe. Zeigt, dass ihr – genau wie die drei !!! – zusammen stark seid: Löst gemeinsam knifflige Aufgaben und beweist nebenbei euer Schauspieltalent. Viel Spaß!

kosmos.de/diedreiausrufezeichen

Hilf Kim, Franzi und Marie

und öffne die geheimen Seiten

192 Seiten, €/D 12,99
ISBN 78-3-440-15978-1

192 Seiten, €/D 12,99
ISBN 978-3-440-14927-0

Kim, Franzi und Marie sind „Die drei !!!“. Mutig und clever ermitteln die drei Detektivinnen und sind jedem Fall gewachsen – doch diesmal brauchen sie deine Hilfe! In diesen Büchern gibt es geheimnisvolle verschlossene Seiten, die bei der Lösung des Falls helfen. Viel Spaß beim Knobeln und Ermitteln!

kosmos.de